UN INVIERNO EN MALLORCA

La Colección *Clásicos Libres* está destinada a la difusión de traducciones inéditas de grandes títulos de la literatura universal, con libros que han marcado la historia del pensamiento, el arte y la narrativa.

Entre sus publicaciones más recientes destacan: *Meditaciones*, de Marco Aurelio; *La ciudad de las damas*, de Christine de Pizan; *Fouché: el genio tenebroso*, de Stefan Zweig; *El Gatopardo*, de Giuseppe di Lampedusa; *El diario de Ana Frank*; *El arte de amar*, de Ovidio; *Analectas*, de Confucio; *El Gran Gatsby*, de F. Scott Fitzgerald; *El retrato de Dorian Gray*, de Oscar Wilde, entre otras...

GEORGE SAND

UN INVIERNO EN MALLORCA

EDICIONS PERELLÓ

Calle de la Milagrosa Nº 26, Bajo
46009 – Valencia
e-mail: info@edperello.es
http://edperello.es

I.S.B.N.: 979-13-70190-47-7

Este libro ha sido impreso en papel
ecológico procedente de bosques sostenibles.

Índice

CARTA DE UN EX-VIAJERO A UN AMIGO SEDENTARIO

Acostumbrado por deber a tu vida sedentaria, creerás, mi querido Francisco, que llevado por el arisco y caprichoso caballo de la independencia, no conozco mayor placer en el mundo que el de atravesar mares y montañas, lagos y valles. ¡Pobre de mi! Mis más hermosos y dulces viajes los he hecho al calor de la lumbre, con los pies sobre la caliente ceniza y los codos apoyados en los brazos relucientes del sillón de mi abuela. Tú los harás sin duda tan agradables y mil veces más poéticos con tu rica imaginación. No vayas, pues, a gastar tu tiempo, tu trabajo y tus sudores bajo los ardientes rayos de los trópicos, ni a poner tus pies helados sobre las nevadas llanuras del polo, ni a presenciar las horribles tempestades que se levantan en el mar, ni en busca de los ataques de los bandoleros, ni al encuentro de los peligros, de las fatigas que todas las noches afrontas imaginariamente sin quitarte las babuchas y sin otro perjuicio que algunas ligeras quemaduras de cigarro en los pliegues de tu justillo.

Para reconciliarte con la privación de espacio real y la falta de movimiento físico te envío la relación del último viaje que hice fuera de Francia, seguro de que me tendrás más compasión que envidia, y verás cuán caros me cuestan algunos arranques de admiración y algunas horas de arrobamiento disputados a la mala fortuna.

Esta relación, escrita hace un año, me ha valido de algunos hijos de Mallorca una diatriba de las más furibundas y a la vez de las más cómicas. Demasiado extensa es, por desgracia, para publicarla a continuación de mi relato, y lo siento, porque el tono en que está concebida y la amenidad de las censuras que se me dirigen confirmarían cuanto digo referente a la hospitalidad, al gusto y a la delicadeza con que los mallorquines reciben a los extranjeros. Sería una pieza justificativa bastante curiosa. Pero ¿quién podría leerla hasta el fin? Además, si es vanidad y tontería publicar las alabanzas que se reciben, ¿no sería tal vez, mayor tontería y vanidad, en los tiempos que corremos hacer ruido con las injurias de que se nos hace objeto?

Te hago, pues, gracia de ella y me limito a decirte para completar los detalles sobre esta ingenua población mallorquína, que después de haber leído mi narración los más hábiles abogados de Palma –nada menos que cuarenta, según me han dicho– se reunieron para componer, exprimiendo la imaginación de todos, un terrible memorándum contra el escritor inmoral que se había permitido reírse de su amor al lucro y de sus afanes por la cría del cerdo. Aquí viene el caso de decir, como dijo el otro, que entre todos tuvieron ingenio como cuatro.

Pero dejemos en paz a estas buenas gentes tan enfurecidas contra mí; han tenido ya tiempo de calmarse y yo lo he tenido para olvidar lo que ellos hacen, hablan y escriben.

De los habitantes de aquel hermoso país, solo conservo memoria de las cinco o seis personas cuya obsequiosa acogida y afectuoso trato recordaré siempre como una compensación y un favor de la fortuna. Si no las he mencionado es porque no me considero a tanta altura para honrarlas e ilustrarlas con mi reconocimiento; pero estoy seguro (y creo haberlo dicho en el curso de mi narración) de que guardarán de mí un recuerdo cariñoso que les impedirá creerse comprendidas en mis irreverentes burlas y dudar de mi estimación y afecto.

Nada te he dicho de Barcelona donde pasamos algunos días muy bien empleados antes de embarcarnos para Mallorca. Ir por mar de Port- Vendres a Barcelona con buen tiempo y en un buen buque a vapor, es un paseo delicioso. Volvimos a encontrar en la costa de Cataluña el aire primaveral que en noviembre habíamos respirado en Nimes y que ya no encontramos en Perpígñán. El calor del verano nos esperaba en Mallorca.

En Barcelona una brisa fresca templaba los ardores de un sol brillante y despejaba los dilatados horizontes limitados a lo lejos por las cimas de las montañas, negras y peladas unas, otras blancas, cubiertas de nieve. Hicimos una excursión al campo con buenos caballos andaluces a fin de ponernos a salvo bajo los muros de la Ciudadela en caso de un mal encuentro.

Tú sabes que por aquella época (1838) los facciosos recorrían todo el pais en partidas errantes cortando los caminos, invadiendo villas y ciudades, exigiendo contribuciones hasta en los más insignificantes caseríos, instalándose en las quintas y casas de recreo a media legua escasa de la ciudad, y saliendo de improviso de las hendiduras de las rocas para exigir la bolsa o la vida.

Nos arriesgamos, sin embargo, a recorrer algunas leguas por la orilla del mar. y no encontramos más que algunos destacamentos de *cristinos* que regresaban a Barcelona. Nos dijeron que eran las mejores tropas de España. En efecto tenían muy buena presencia, y por su porte nadie hubiera dicho que venían de campaña. Pero hombres y caballos estaban muy flacos; los primeros tenían la cara amarilla, lívida; los segundos andaban con la cabeza junto al suelo y tenían los ijares tan hundidos que al verlos se sentían las angustias del hambre.

Un espectáculo más triste aún ofrecían las fortificaciones levantadas alrededor de las más pobres aldeas o ante la puerta de las más humildes chozas; un pequeño muro circular de pared seca, una torre almenada, alta y robusta, delante de cada puerta, o bien pequeños muros provistos de troneras, alrededor de cada piso, atestiguaban bien a las claras que ningún habitante de estas ricas comarcas se creía en seguridad. En muchos sitios, estas improvisadas fortificaciones estaban destruidas presentando huellas de reciente lucha.

Una vez franqueadas las formidables e inmensas fortificaciones de Barcelona, no sé cuantas puertas, puentes levadizos, poternas y defensas, nada nos indicaba ya que estuviésemos en una plaza fuerte. Tras una triple hilera de cañones y aislada del resto de España por el bandolerismo y la guerra civil, la brillante juventud barcelonesa tomaba el sol en la Rambla, largo paseo plantado de árboles y de casas como nuestros bulevares. Las mujeres, bellas, graciosas y coquetas, no se ocupaban más que de los pliegues de sus mantillas y del aleteo de sus abanicos. Los hombres, fumando, riendo, hablando, flechando las damas, comentando la ópera italiana y sin preocuparse de lo que pasaba más allá de las murallas. Pero cuando llegaba la noche y se cerraba el teatro y se alejaban mudas las guitarras, la ciudad quedaba entregada a los vigilantes paseos de los serenos, y sobre el monótono ruido del mar no se oían más que los siniestros gritos de los centinelas, y los disparos de fusil, más siniestros todavía, que a intervalos desiguales se dejaban oír en casi todos los puntos del recinto, cerca unas veces, lejos otras, instantáneos o continuados, sin cesar hasta las primeras horas de la mañana en que todo quedaba en silencio y los burgueses dormían profundamente mientras el puerto despertaba y la marinería empezaba a agitarse. Si alguno osaba preguntar durante el día qué eran aquellos terribles y extraños ruidos de la noche, se le contestaba sonriendo que a nadie le importaba y que no era, además, prudente averiguarlo.

PRIMERA PARTE

I

Dos turistas ingleses descubrieron, hace, según creo, unos cincuenta años, el Valle de Chamounix, como lo atestigua una inscripción tallada en una gran roca que se halla a la entrada del Mar de Hielo. La pretensión es un poco fuerte si se considera la posición geográfica de este valle; pero legítima, hasta cierto punto, si estos turistas, cuyos nombres he olvidado, fueron los primeros que indicaron a los poetas y a los pintores los parajes románticos donde Byron soñó su admirable drama Manfredo.

Podemos decir, en general y desde el punto de vista de la moda, que la Suiza no fue descubierta para el gran mundo y para los artistas hasta el último siglo. Juan Jacobo Rousseau es el verdadero Cristóbal Colón de la poesía alpestre, y, como lo ha observado muy bien M. de Chateaubriand, él es el padre del romanticismo en nuestra lengua. No teniendo precisamente los mismos títulos a la inmortalidad que Juan Jacobo y pensando en cuales podría yo presentar, creo que hubiera, tal vez, podido ilustrarme, de igual manera que los dos ingleses del valle de Chamounix y reclamar el honor de haber descubierto la isla de Mallorca. Pero el mundo se ha vuelto hoy tan exigente que no me hubiera bastado grabar mi nombre sobre alguna roca baleárica, sino que hubiera exigido de mi una descripción exacta, o, al menos, una relación poética de mi viaje para que los turistas cayeran en la tentación de emprenderlo. Mas, como no pude disfrutar en aquel país la tranquilidad de espíritu necesaria, he tenido que renunciar a la gloria de mi descubrimiento y no ha sido posible consignarla ni sobre el granito ni sobre el papel.

Si hubiera escrito bajo la influencia de las tristezas y de las contrariedades que entonces experimentaba, no me hubiera sido posible vanagloriarme de ese descubrimiento, pues el lector me hubiera dicho que no había motivo para tanto. Y, sin embargo, había para qué, y me atrevo a decirlo hoy, pues Mallorca es, para los pintores, uno de los más hermosos países de la tierra y uno de los más ignorados. Allí donde no es posible describir más que la belleza pictórica, la expresión literaria es tan pobre y tan insuficiente que nada se consigue si el lápiz y el buril del dibujante no ayudan a revelar las grandezas y gracias de la naturaleza. Y si sacudo hoy la letargía de mis recuerdos, es porque una de estas últimas mañanas encontré sobre mi mesa un hermoso volumen titulado *Recuerdos de un viaje artístico a la isla de Mallorca»*, por J. B. Laurens.

Experimenté inmensa alegría al volver a ver Mallorca con sus palmeras, sus áloes, sus monumentos árabes y sus vestidos griegos. Reconocí todos los sitios, con su color poético, y volví a sentir todas mis impresiones, que creía ya completamente borradas. No había casucha, ruina, ni matorral que no despertara en mí un mundo de recuerdos, como se dice ahora; y sentí, si no el valor de narrar mi viaje, al menos, el deseo de dar cuenta del de M. Laurens, artista inteligente, laborioso y concienzudo, a quien es necesario restituir el honor que yo me atribuía de haber descubierto la isla de Mallorca. Este viaje de M. Laurens al centro del Mediterráneo, sobre riberas donde el mar es, muchas veces, tan poco hospitalario como los habitantes, es mucho más meritorio que el paseo de nuestros dos ingleses al Montanvert. Sin embargo, si la civilización europea llegase a tal grado de adelanto que pudiese suprimir las aduanas y los carabineros, manifestaciones visibles de las desconfianzas y antipatías nacionales, si la navegación a vapor estuviese organizada directamente desde nuestra tierra a esas regiones, Mallorca podría muy pronto competir con Suiza, pues se podría ir allá en muy poco tiempo y se encontrarían, a no dudarlo, bellezas tan delicadas y grandezas tan extrañas y sublimes que ofrecerían a la pintura nuevos manantiales.

Por hoy no puedo, en conciencia, recomendar este viaje más que a Jos artistas robustos y de espíritu apasionado. Día vendrá, sin duda, en que las personas delicadas y hasta las mujeres hermosas podrán ir a Palma con tanta comodidad como se va hoy a Ginebra.

M. Laurens, asociado largo tiempo a los trabajos artísticos de M. Taylor sobre los antiguos monumentos de Francia, pensó el año último hacer por su propia cuenta una visita a las Baleares, de las que hasta entonces había tenido tan pocas noticias, que él mismo confiesa haber experimentado una gran emoción al tocar sus orillas donde sus más dorados sueños hubieran tal vez podido convertirse en amargas decepciones. Pero lo que iba a buscar allí debió encontrarlo, realizándose todas sus esperanzas, pues, lo repito: Mallorca es el Eldorado de la pintura. Todo es allí pintoresco, desde la cabaña del campesino, que ha conservado en sus menores detalles la tradición del estilo árabe hasta el niño envuelto en sus andrajos y triunfante en su suciedad grandiosa, como dijo Enrique Heine a propósito de las mujeres del mercado de hortalizas de Verona. El carácter del paisaje, más rico en vegetación que lo es por lo general el de África, tiene mucha mayor amplitud, calma y sencillez. Es la verde Helvecia bajo el cielo de Calabria con la solemnidad y el silencio del Oriente.

En Suiza el torrente que corre por todas partes y la nube que pasa sin cesar, dan a los panoramas una movilidad de color y. por decirlo así, una continuidad de movimiento que la pintura no puede reproducir siempre con felicidad. La naturaleza parece que juega con el artista. En Mallorca parece que le espera y que le invita. Aquí la vegetación afecta formas altivas y extrañas pero no despliega ese lujo desordenado bajo el cual las líneas del paisaje suizo desaparecen con frecuencia. La cima del peñasco dibuja sus contornos limpios sobre un cielo brillante, la palmera se inclina por si misma sobre los precipicios, sin que la brisa caprichosa desarregle la majestad de su belleza, y hasta el menor cactus desmedrado al borde del camino, todo parece mostrarse con una especie de vanidad para recrear la vista.

Ante todo daremos una descripción muy breve de la Balear mayor en la forma vulgar de un articulo de diccionario geográfico. Esto no es tan fácil como se cree, sobre todo cuando uno ha de buscar los datos en el país mismo. La prudencia del español y la desconfianza del insular son tales que un extranjero no puede hacer a nadie la menor pregunta sin pasar por un espia político. El bueno de M. Laurens, por haberse permitido tomar un croquis de un castillo ruinoso que había llamado su atención fue encarcelado por el receloso Gobernador que le acusaba de levantar el plano de su fortaleza. Así es que nuestro viajero, resuelto a completar su álbum en cualquier otra parte menos en las prisiones de Estado de Mallorca, se guardó muy bien de volver a preguntar cosa alguna a nadie como no fuera a los senderos de la montaña y de consultar más documentos que las piedras de las ruinas. Después de haber pasado cuatro meses en Mallorca, yo no hubiera averiguado más que él, si no hubiese consultado los pocos detalles que otros nos han transmitido sobre estas comarcas. Pero aquí han vuelto a empezar mis incertidumbres, pues estas obras, ya antiguas, se contradicen de tal manera y, según la costumbre de los viajeros, se desmienten y se denigran tan rotundamente

las unas a las otras que es necesario rectificar algunas inexactitudes con el riesgo de cometer muchas otras. Ahí vá, a pesar de todo, mi artículo de diccionario geográfico, y para no apartarme de mi papel de viajero, empiezo por declarar que es incontestablemente superior a todos los que le preceden.

II

Mallorca, que M. Laurens llama Balearia Major, como los romanos, que el rey de los historiadores mallorquines, el doctor Juan Dameto,. dice haberse llamado en la antigüedad Clumba o Columba, se llama actualmente por corrupción *Mallorca,* y la capital no se ha llamado jamás Mallorca, como han dado en decir muchos de nuestros geógrafos, sino Palma.

Esta isla es la mayor y la más fértil del archipiélago Balear, vestigio de un continente cuya cuenca debió haber invadido el Mediterráneo, y habiendo sin duda unido a España con África, participa del clima y de las producciones de ambas. Está situada a 25 leguas al sudeste de Barcelona, a 45 del punto más próximo de la costa de África, y creo que a 95 o 100 de la rada de Tolón. Su superficie es de 1234 millas cuadradas su circuito de 143, su mayor extensión de 54 y su menor de 28. Su población, que en el año 1787 era de 136.000 habitantes, se aproxima a 160.000. La ciudad de Palma contiene 36.000 en vez de 32.000 que tenía en aquella época.

La temperatura varía bastante según las diversas estaciones. El verano es ardiente en toda la parte llana; pero la cadena de montañas que se extiende de N. E. a S. O., indicando con esta dirección su identidad con los territorios de África y de España, (cuyos puntos más aproximados afectan esta Inclinación y corresponden a sus ángulos más salientes) influye mucho en la temperatura del invierno. Así, Miguel de Vargas, refiere que en la rada de Palma durante el terrible invierno de 1784 el termómetro de Reamur señaló una sola vez la temperatura de 6° sobre cero un día de Enero; otros días del propio mes marcó 16° y lo más a menudo se mantuvo a 11°. Esta temperatura fue poco más o menos la que tuvimos en un invierno ordinario sobre la montaña de Valldemosa, que se reputa por una de las regiones más frías de la Isla. En las noches más rigurosas y cuando la tierra estaba cubierta por dos pulgadas de nieve, el termómetro no señalaba menos de 6º a 7º. A las ocho de la mañana volvía a 9º o 10º, y al mediodía se elevaba a 12º o 14º. Ordinariamente, hacia las tres de la tarde, en que ei sol se ocultaba a nuestra vista, trasponiendo los picos de las montañas que nos rodeaban, el termómetro volvía a descender súbitamente a 9º y aún a 8º.

Los vientos del Norte soplan allí frecuentemente con violencia, y en ciertos años las lluvias invernales caen con una abundancia y una continuidad de que no tenemos en Francia idea alguna. En general el clima es sano y benigno en toda la parte meridional que se inclina hacia el África y que preservan de estas furiosas borrascas del Norte la cordillera mediana y el gran escarpamiento de las costas septentrionales. De manera que el plano general de la isla es una superficie inclinada del noroeste al sudeste, y la navegación, casi imposible al Norte a causa de los acantilados y de los precipicios de la costa, escarpada y horrorosa, sin abrigo ni resguardo (Miguel de Vargas), es fácil y segura al mediodía.

A pesar de sus huracanes y de sus asperezas, Mallorca, llamada con justicia por los antiguos la Isla Dorada, es extremadamente fértil y sus productos son de calidad exquisita. El trigo es tan puro y tan hermoso que los habitantes lo exportan y de él se sirven exclusivamente en Barcelona para hacer una especie de pastelería blanca y ligera llamada *pan de Mallorca*. Los mallorquines hacen venir de Galicia y de Vizcaya un trigo más grosero y más barato que les sirve de alimento. Hé aquí porque en el pais más rico en excelente trigo se come un pan detestable. Ignoro si esta especulación es muy ventajosa.

En nuestras provincias del centro, donde la agricultura está muy atrasada, la rutina de los campesinos no prueba más que su obstinación e ignorancia. Con mayor razón sucede lo mismo en Mallorca, donde la agricultura, aunque muy cuidada, está en su infancia. En ninguna parte he visto trabajar la tierra con tanta paciencia y tanto cariño. Las máquinas, aún las más sencillas, son desconocidas; los brazos del hombre, brazos muy descarnados y débiles, en comparación con los nuestros, son suficientes para todo; pero trabajan con una lentitud nunca vista. En medio jornal se cava menos tierra que la que se cava en nuestro país en dos horas y se necesitan cinco o seis hombres de los más robustos para mover un fardo que el más débil de nuestros mozos de cordel transportaría alegremente sobre sus hombros.

A pesar de esta dejadez, todo está cultivado y, en apariencia, bien cultivado en Mallorca. Estos isleños no conocen, según se dice, la miseria, pero en medio de los tesoros de la naturaleza y bajo el más hermoso cielo, su vida es más ruda y más tristemente sobria que la de nuestros campesinos.

Los viajeros tienen por costumbre hacer frases sobre el bienestar de estos pueblos meridionales cuyas caras y trajes pintorescos se les presentan el domingo a los rayos del sol, y cuya ausencia de ideas y de previsión toman por la ideal serenidad de la vida campestre. En este error he incurrido yo con frecuencia; pero ya estoy bien curado de tal manía desde que estuve en Mallorca.

Nada hay tan triste y tan pobre en el mundo como este campesino que no sabe más que orar, cantar, trabajar, y que no piensa nunca.

La plegaria es una fórmula estúpida que no ofrece sentido alguno a su espíritu; su trabajo es una operación de los músculos incapaz de progreso por falta de ideas; y su canto es la expresión de esa melancolía que le agobia inconscientemente y cuya poesía nos conmueve sin revelarse a él.

Si no fuera por la vanidad que de tiempo en tiempo le despierta de su letargo y le incita al baile, consagraría al sueño los días de fiesta.

Pero me salgo ya de los limites que me había impuesto. Olvido que, en rigor y según costumbre, el artículo geográfico debe mencionar ante todo la economía productiva y comercial y no ocuparse de la especie Hombre sino en último término, después de los cereales y del ganado.

En todas las geografías descriptivas que he consultado, he hallado, en el artículo Baleares, esta corta indicación que transcribo aquí, reservándome para más tarde volver sobre las consideraciones que atenúan la verdad de la misma: «Estos isleños son muy afables (se sabe que en todas las islas la raza humana se divide en dos categorías: los que son antropófagos y los que son muy afables). Son dulces, hospitalarios; es raro que cometan crímenes, y el robo es casi desconocido entre ellos. En verdad ya hablaremos de todas estas cosas.

Pero ante todo, hablemos de las producciones; pues según tengo entendido se han pronunciado últimamente en la Cámara francesa algunas palabras (cuando menos imprudentes) sobre la posible ocupación de Mallorca por los franceses, y presumo que si este escrito cae en manos de alguno de nuestros diputados, le interesará mucho más lo relativo a las producciones que mis reflexiones filosóficas sobre el estado intelectual de los mallorquines.

* * * * * *

Digo, pues, que el suelo de Mallorca es de una fertilidad admirable, y que en cultivo más intenso e inteligente decuplaría sus productos. El principal comercio exterior consiste en almendras, naranjas y cerdos. ¡Oh bellas plantas hespérides, guardadas por esos dragones inmundos, no es culpa mia si me veo obligado a unir vuestro recuerdo al de esos innobles animales, que el mallorquín cuida con más celo y orgullo que vuestras flores embalsamadas y vuestras manzanas de oro! Pero este mallorquín que os cultiva no es más poético que el diputado que me lee.

Vuelvo, pues, a mis cochinos. Estos animales, querido lector, son los más hermosos de la tierra, y el docto Miguel de Vargas con la más ingenua admiración, hace el retrato de un puerco joven, que a la cándida edad de un año y medio pesaba 24 arrobas, o sean 600 libras. En aquel tiempo la explotación del cerdo no gozaba en Mallorca del explendor que ha adquirido en nuestros días. Al comercio de ganados perjudicaba en extremo la rapacidad de los asentistas o proveedores, a quienes el gobierno español confiaba, es decir, vendía el negocio de los aprovisionamientos. En virtud de su poder discrecional estos especuladores se oponían a toda exportación de ganado y se reservaban la facultad de importarlo sin limitación alguna.

Esta práctica usuraria dio por resultado que los cultivadores desatendieran la cría de sus ganados. La carne se vendía a muy bajo precio, y estando prohibido el comercio exterior, no tuvieron más remedio que arruinarse o abandonar por completo la cría del ganado. La extinción fue rápida. El historiador que cito echa de menos aquellos tiempos en que Mallorca se hallaba bajo el poder de los árabes, pues en la sola montaña de Artá se criaban entonces más vacas fecundas y nobles toros que los que hoy se podrían reunir en todo el llano de la isla.

Esta ruina no fue la única que dañó al país en sus riquezas naturales. Este mismo escritor refiere que las montañas, y, particularmente, las de Torrella y Galatzó, poseían en aquel tiempo los más hermosos árboles del mundo. Olivo había que media 42 pies de circunferencia y 14 de diámetro; pero estos bosques magníficos fueron devastados por los carpinteros de ribera, quienes, con motivo de la expedición española contra Argel, construyeron con ellos toda una flota de lanchas cañoneras. Las vejaciones a que fueron sometidos entonces los propietarios de estos bosques y la mezquindad de las indemnizaciones que les fueron otorgadas, indujeron a los mallorquines a destruir sus bosques en vez de aumentarlos. Hoy la vegetación es, todavía, tan exuberante y tan hermosa que el viajero no echa de menos el pasado, pero ahora como entonces, y en Mallorca como en toda España, el abuso es aún el primero de todos los poderes. Sin embargo, el viajero no oye jamás una queja, porque al empezar un régimen injusto, e! débil calla por temor, y cuando se ha causado el mal, continúa callándose por costumbre.

Aunque la tiranía de los asentistas haya desaparecido, el ganado no se ha levantado de su postración y no se levantará mientras el derecho de exportación se halle limitado al comercio de los cerdos. Se ven muy pocos bueyes y vacas en la parte llana y ninguno en la montañosa. La carne es magra y coriácea. Las ovejas son de una hermosa raza, pero mal alimentadas y mal cuidadas; las cabras, pertenecientes a la raza africana, no dan la décima parte de la leche que las nuestras.

Falta el abono a las tierras; y a pesar de todos los elogios que los mallorquines hacen de su manera de cultivarlas creo que el alga que emplean es un abono muy débil, poco sustancioso, y que estas tierras están lejos de producir lo que deberían bajo un cielo tan generoso.

He observado con atención el tan preciado trigo que los habitantes no se creen dignos de comer; es absolutamente el mismo que se cultiva en nuestras provincias centrales y que nuestros campesinos llaman trigo blanco o trigo de España; en nuestro país, es igualmente hermoso, a pesar de la diferencia de clima.

El de Mallorca debería tener, sin embargo, una gran superioridad sobre el que nosotros disputamos a nuestros rudos inviernos y a nuestras variables primaveras; y sin embargo nuestra agricultura es también muy bárbara y en este punto lo tenemos que aprender todo; pero el cultivador francés tiene una energía y una perseverancia que el mallorquín despreciaría como una locura.

El trigo, la oliva, la almendra y la naranja se dan muy bien en Mallorca; pero como faltan caminos en el interior de la isla, este comercio está lejos de tener la extensión y la actividad necesarias. Quinientas naranjas se venden en el punto de producción por unos tres francos; pero para transportar en caballería carga tan voluminosa desde el centro a la costa es necesario gastar casi tanto como lo que vale la mercancía. Esta consideración hace que se abandone el cultivo del naranjo en el interior del país. Solamente en el valle de Sóller y en la proximidad de las caletas donde nuestros barcos de poco tonelaje vienen a cargar, crecen estos árboles en abundancia. Sin embargo, prosperarían por todas partes, y en nuestra montaña de Valldemosa, una de las regiones más frias de la isla, teníamos limones y naranjas magníficos, aunque más tardías que las de Sóller. En la Granja, situada en otra región montañosa, hemos cogido limones grandes como la cabeza. Me parece que la sola isla de Mallorca podría abastecer de estos exquisitos frutos a toda Francia al mismo precio que nos cuestan las detestables naranjas que sacamos de Hyères y de las costas de Génova. Este comercio tan ponderado en Mallorca, está, pues, como los demás, cohibido por una negligencia soberbia.

Otro tanto puede decirse de la abundante producción de los olivos, que son ciertamente los más hermosos que hay en el mundo, y que los mallorquines, gracias a las tradiciones árabes, saben cultivar perfectamente. Por desgracia no saben obtener más que un aceite rancio y nauseabundo, el cual nos causaría horror y que no podrán nunca exportar abundantemente más que a España, donde reina igualmente el gusto por ese aceite infecto. Pero España es también muy rica en olivos, y si Mallorca le proporciona aceite debe ser a muy bajo precio. En Francia hacemos un gran consumo de aceite de olivas, y lo tenemos bastante malo a precio exorbitante. Sí nuestra fabricación fuese conocida en Mallorca, si Mallorca tuviese caminos y, en fin. si la navegación comercial estuviese realmente organizada en este sentido, tendríamos aceite de oliva a mucho menos precio que el que pagamos y lo tendríamos puro y en abundancia por más riguroso que fuese el invierno. Ya sé que los industriales que cultivan el olivo en Francia prefieren vender a peso de oro algunas toneladas de este precioso liquido, que nuestros especieros anegan en mares de aceite de colza y de cacahuete, para ofrecérnoslo a precio de coste, pero seria una terquedad que nos obstinásemos en disputar este producto al rigor del clima si a 24 horas de camino pudiéramos procurárnoslo mejor y más barato. No se asusten, sin embargo, nuestros asentistas franceses; aunque prometiéramos al mallorquín, y hasta al español en general, surtirnos en su país y hasta centuplicar su riqueza, no alterarían en nada sus costumbres. Menosprecian tan profundamente los adelantos que vienen del extranjero, y, sobre todo de Francia, que no sé sí por dinero, (este dinero que, a pesar de todo, no desprecian en general) se resolverían a cambiar en algo la rutina heredada de sus padres.

III

Como el mallorquín no sabe engordar los bueyes, ni utilizar la lana, ni ordeñar las vacas, porque detesta la leche y la manteca tanto como la industria; como no sabe producir el trigo suficiente para atreverse a consumirlo ni cultivar la morera para criar el gusano de seda; como ha perdido el arte de la carpintería, en otro tiempo tan floreciente en la isla y hoy día completamente olvidado; como no tiene caballos, porque España se apodera maternalmente de todos los potros de Mallorca para sus ejércitos, de donde resulta que el pacifico mallorquín no es tan tonto que trabaje para sostener la caballería del reino; como no juzga necesario tener una sola carretera, un solo sendero practicable en toda su isla, puesto que el derecho de exportación está entregado al capricho de un gobierno que no tiene tiempo de ocuparse en cosas tan pequeñas, el mallorquín vegetaba y no hacía más que rezar su rosario y remendar sus calzones, más rotos que los de D. Quijote, su patrono en miseria y en arrogancia, hasta que el cerdo ha venido a salvarlo todo. Habiéndose autorizado la exportación de este cuadrúpedo ha empezado la era nueva, la era de salvación.

Los mallorquines llamarán a este siglo, en los siglos futuros, la edad del cerdo, como los musulmanes cuentan en su historia la edad del elefante. Al entretanto la aceituna y la algarroba no yacen abandonadas en el suelo, el higo chumbo no sirve ya de juguete a los niños y las madres de familia aprenden a economizar el haba y la patata. El cerdo no permite que nada se desperdicie, porque el cerdo lo aprovecha todo, y es el más hermoso ejemplo de voracidad generosa, unida a la sencillez de los gustos y de las costumbres que pueda ofrecerse a las naciones. Goza, por lo tanto en Mallorca de derechos y de prerrogativas que jamás se pensó hasta entonces, en ofrecer a los hombres. Las habitaciones se han ensanchado y aireado, los frutos que se pudrian sobre ta tierra han sido recogidos, clasificados y conservados, y la navegación a vapor que se había juzgado superflua e irracional se ha establecido desde la isla al continente.

Gracias al cerdo he visitado la isla de Mallorca, pues si hace tres años se me hubiera ocurrido visitarla, hubiera tenido que renunciar a mi deseo por no hacer un viaje largo y peligroso en buque de vela. Pero, a partir de la exportación del cerdo, la civilización ha empezado a penetrar en la isla. Se ha comprado en Inglaterra un pequeño y hermoso *steamer* que no tiene tabla para luchar con los vientos del norte, tan terribles en estos parajes, pero que con buen tiempo trasporta una vez por semana 200 cerdos a Barcelona y algunos pasajeros como exceso de carga. Es hermoso ver con qué cuidados y con qué ternura son tratados a bordo estos señores (no hablo de los pasajeros) y con qué amor se les coloca en tierra. El capitán del barco es un hombre muy amable que, a fuerza de vivir y hablar con esos nobles animales, se ha asimilado por completo su gruñido y aun un poco de su desenvoltura. Si un pasajero se queja del ruido que hacen, ei capitán responde que es sonido del oro al rodar sobre el mostrador. Si alguna mujer remilgada se atreve a quejarse de la infección esparcida en el buque, su marido está alli para responderle, que el dinero no huele mal y que sin el cerdo no tendría vestido de seda ni sombrero de Francia ni mantilla de Barcelona. Si alguno se marea, que no intente pedir auxilio a la tripulación, pues los cerdos también se marean, y esta indisposición va en ellos acompañada de una languidez spleénica y de un asco a la vida que es preciso combatir a toda costa. Entonces para conservar la existencia de sus queridos clientes y dejando a un lado toda compasión y simpatía, el capitán en persona, armado de un látigo, se precipita en medio de ellos y detrás de él los marineros y los grumetes cada uno con lo que se le viene a mano, quien con una barra de hierro, quien con un pedazo de cuerda, y en un instante todos azotan de un modo paternal a la manada desfallecida y silenciosa y la obligan a levantarse, a agitarse y a combatir por medio de esa emoción violenta la funesta influencia del balanceo.

Cuando regresamos de Mallorca a Barcelona, en el mes de Marzo, hacía un calor sofocante; sin embargo, no nos fue posible poner el pie sobre la cubierta. Aun cuando hubiéramos desafiado el peligro de que algún cerdo de mal humor nos comiera las piernas, el capitán no hubiera permitido, sin duda, que molestáramos a sus clientes con nuestra presencfia. Estuvieron muy tranquilos durante las primeras horas; pero a media noche notó el piloto que tenían un sueño abatido y parecían victimas de negra melancolía. Entonces se les administró el látigo, y con regularidad, a cada cuarto de hora, nos despertaban gritos y clamores tan espantosos, producidos de una parte por el dolor y la rabia de los cerdos azotados, y de otra por las excitaciones del capitán a su gente y los juramentos que la emulación les inspiraba, que muchas veces creímos que la piara devoraba a la tripulación.

Cuando hubimos fondeado, ardíamos en deseos de separarnos de tan extraña sociedad, y confieso que la de los isleños empezaba a serme casi tan pesada como la otra; pero no nos fue permitido salir al aire libre hasta después de haber desembarcado los cerdos. Hubiéramos podido morir asfixiados en nuestros camarotes sin que nadie se hubiese preocupado por ello, mientras hubiera un cerdo que desembarcar o curar del mareo. Yo no tengo miedo al mar; pero alguno de mi familia estaba enfermo de cuidado. La travesía, el mal olor y la falta de sueño, habían exacerbado sus sufrimientos. El capitán no había tenido con nosotros más atención que la de suplicarnos que no acostáramos a nuestro enfermo en la mejor cama del camarote, porque, según las preocupaciones españolas, toda enfermedad es contagiosa; y como nuestro hombre pensaba ya hacer quemar la colchoneta donde descansaba el enfermo deseaba que fuese la más usada. Nosotros le enviamos a sus cerdos; y quince días después, cuando regresábamos a Francia a bordo del *Phénicien,* magnifico vapor de nuestra nación, comparábamos la delicadeza del francés con la hospitalidad del español. El capitán del *Mallorquín* había disputado un lecho a un moribundo; el capitán marsellés, no hallando bastante cómoda la cama del enfermo, había quitado los colchones de la suya para dárselos. Cuando quise pagar nuestro pasaje, el francés me hizo observar que le daba demasiado dinero; el mallorquín me había hecho pagar el doble.

De donde yo no deduzco que el hombre sea exclusivamente bueno sobre un rincón de este globo terráqueo, ni exclusivamente malo sobre otro rincón. El mal moral no es en la humanidad sino el resultado del mal material. El sufrimiento engendra el miedo, la desconfianza, el fraude; la lucha en todos los sentidos. El español es ignorante y supersticioso; por consiguiente cree en el contagio, teme la enfermedad y la muerte, está falto de fé y de caridad. Es miserable y se halla agobiado por los tributos; por consiguiente, es codicioso, egoísta, tramposo con el extranjero. En la historia vemos que alli donde ha podido ser grande, ha demostrado que la grandeza estaba en él, pero es hombre, y en la vida privada, allí donde el hombre debe sucumbir, sucumbe.

Necesitaba dejar bien sentado este principio antes de hablar de los hombres tales como se me han presentado en Mallorca y del mismo modo espero que se me dispense si no hablo más de las aceitunas, de las vacas y de los cerdos. La extensión misma de este último artículo no es de muy buen gusto. Pido perdón a cuantos se consideren personalmente lastimados por él, y vuelvo a tomar el hilo de mi relato, en serio, pues yo creía no tener que hacer más que seguir paso a paso a Mr. Laurens en su Viaje Artístico, y veo que muchas reflexiones vendrán a asaltarme al volver a atravesar con la memoria los ásperos senderos de Mallorca.

IV

Pero si no entiende V. nada de pintura, se me dirá, ¿qué diablo va V. a hacer en esa maldita galera? Yo bien quisiera hablar al lector lo menos posible de mí y de los míos; pero con frecuencia me veré obligado a decir hablando de lo que he visto en Mallorca, *yo y nosotros*. Yo y nosotros es la subjetividad fortuita sin la cual la objetividad mallorquína no se hubiese revelado bajo ciertos aspectos muy útiles para el lector. Ruego, pues, al que me leyere, que considere aquí mi personalidad como cosa completamente pasiva, como un cristal de aumento a través del cual podrá observar lo que pasa en esos países lejanos, diciendo de buen grado con el proverbio, *mejor es creer que irlo a ver*.

Le advierto además que no tengo la pretensión de interesarle con las cosas que me conciernen, pues al descubrirlas sólo me guía un fin algo filosófico, y cuando haya formulado mi pensamiento desde este punto de vista, se me hará la justicia de reconocer que no es la vanidad la que me guia en mi relato. Diré pues, sin reparo, al lector, por qué iba yo en esa galera; hélo aquí en dos palabras: porque tenía ganas de viajar. Y a mi vez haré una pregunta al lector. Cuando viajas, querido lector, ¿por qué viajas? Ya te oigo responder lo que yo respondería en tu lugar: «Viajo por viajar». Yo bien sé que el viaje en si es un placer. Pero, en fin, ¿qué es lo que te empuja en busca de este placer dispendioso, molesto, peligroso a veces y siempre sembrado de innumerables decepciones? La necesidad de viajar. Pues bien, dime; ¿qué clase de necesidad es ésa?; ¿por qué obsesiona a todos, por qué cedemos todos a ella, aún después de haber reconocido muchas veces que se ha apoderado de nosotros para no soltarnos nunca ni saciarse jamás? Si no quieres responderme yo tendré la franqueza de hacerlo por ti. Es que en realidad no estamos nunca bien en ninguna parte en los tiempos que corremos, y, de todos los aspectos que toma el ideal (o, si mi palabra favorita te enoja, el sentimiento de lo mejor), el viaje es uno de los más risueños y de los más engañosos. Todo va pésimamente en el mundo oficial; los que lo niegan lo sienten tan profunda y más amargamente que los que lo afirman. Sin embargo, la divina esperanza sigue siempre su camino, persiguiendo su obra en nuestros pobres corazones e infundiéndonos siempre ese sentimiento de lo mejor, esa continua busca del ideal. No contando el orden social ni siquiera con las simpatías de los mismos que lo defienden, a nadie puede satisfacer y cada uno va por su camino a donde mejor le place. Éste se arroja en brazos del arte; aquél se acoge a la ciencia, el mayor número se aturde como puede. Todos, cuando tenemos tiempo y dinero, viajamos, o mejor, huimos, pues aqui no se trata tanto de viajar como de partir ¿me entendéis?. ¿Quién de nosotros no tiene alguna pena que distraer o algún yugo que sacudir? Ninguno. Quien no se halla absorbido por el trabajo o entorpecido por la pereza es incapaz, lo sostengo, de permanecer largo tiempo en un mismo sitio sin sufrir y sin desear el cambio. Si alguno es feliz (es necesario ser muy grande o muy cobarde para esto hoy en dia) se imagina que añade algo a su felicidad viajando; los amantes, los recién casados parten para Suiza o para Italia lo mismo que los ociosos y los hipocondríacos. En una palabra, cualquiera que se sienta vivir o decaer, está poseído de la fiebre del judío errante y se va a buscar muy pronto a lo lejos algún nido para amar o algún albergue para morir.

No permita Dios que declame contra el movimiento de las poblaciones y que imagine en el porvenir a los hombres ligados al país, a la tierra, al hogar, como los pólipos a la esponja! Pero si la inteligencia y la moralidad deben progresar simultáneamente con la industria, me parece que los caminos de hierro no están destinados a pasear de un punto a otro poblaciones atacadas del *spleen* o devoradas por una actividad enfermiza.

Quiero figurarme la especie humana más feliz, y por consiguiente más tranquila y más ilustrada, con dos vidas: una sedentaria para la felicidad doméstica, los deberes cívicos, las meditaciones estudiosas, el recogimiento filosófico; la otra, activa para el cambio leal que reemplazaría el vergonzoso tráfico que llamamos comercio, para las inspiraciones del arte, las investigaciones científicas, y, sobre todo, para la propagación de las ideas. Me parece en una palabra, que el objeto normal de los viajes es la necesidad de contacto, de relación y cambio simpático entre los hombres y que no debería haber placer allí donde no hubiese deber. Y me parece que, por el contrario, la mayor parte de nosotros viajamos hoy en busca del misterio, del aislamiento, y por una suerte de inquietud que la necesidad de nuestros semejantes inocula en nuestras impresiones personales, dulces o penosas.

En cuanto a mi, me puse en camino para satisfacer una necesidad de reposo que sentia sobre todo en aquella época. Como falta el tiempo para todo en este mundo que nos hemos formado, me imaginé una vez más que buscando bien, encontraría algún retiro silencioso, aislado, donde no tendría esquelas que escribir, ni diarios que hojear, ni visitas que recibir, donde no tuviese necesidad de quitarme la bata; donde los días tuviesen doce horas; donde pudiese libertarme de todos los deberes de la sociedad, separarme del movimiento intelectual que nos consume a todos en Francia y consagrar uno o dos años a estudiar un poco la historia y a aprender mi lengua por principios con mis hijos.

¿Quién de nosotros no se ha forjado alguna vez el sueño egoísta de abandonar un dia sus trabajos, sus costumbres, sus conocimientos y hasta sus amigos para ir a cualquier isla encantada a vivir sin cuidados, sin chismes, sin obligaciones y sobre todo sin periódicos? Puede decirse con seriedad que el periodismo, primera y última de todas las cosas, como hubiera dicho Esopo, ha creado a los hombres una vida completamente nueva, llena de progresos, de ventajas y de cuidados. Esta voz de la humanidad que viene cada mañana a nuestro despertar a contarnos como ha vivido la humanidad la víspera, proclamando ya grandes verdades, ya espantosas mentiras, pero siempre marcando cada uno de los pasos del ser humano y sonando todas las horas de la vida colectiva, ¿no es algo muy grande, a pesar de todas las manchas y de todas las miserias que lo desdoran? Pero al mismo tiempo que todo esto es necesario para el conjunto de nuestros pensamientos y nuestras acciones, ¿no es doloroso y repugnante verlo con todos sus detalles cuando la lucha se ha generalizado y las semanas y los meses transcurren entre injurias y amenazas sin haber esclarecido una sola cuestión, sin haber marcado ni un progreso sensible? Y en esta espera tanto más larga cuanto más detallada y más minuciosa ¿no nos entran a menudo ganas, a nosotros los artistas que no influímos en el timón, de dormirnos en los costados del buque y no despertarnos hasta después de encontramos transportados? Si, en verdad, si esto pudiera ser, si pudiéramos abstenernos de la vida colectiva y aislarnos de todo contacto con la política durante algún tiempo, nos asombraría, al volver a ella, el progreso realizado durante nuestra ausencia. Pero esto no es posible, y cuando huimos del bullicio para buscar el olvido y eJ reposo en el seno de algún pueblo que marche con mayor lentitud o tenga el espíritu menos ardiente que nosotros, experimentamos allí males que no habíamos podido prever, y nos arrepentimos de haber dejado el presente por el pasado, los vivos por los muertos. He aquí sencillamente lo que será el texto de mi relato y por qué me tomo el trabajo de escribirlo, aunque me sea poco agradable y aunque me haya prometido, al empezar, guardarme lo más posible de las impresiones personales; pero ahora me parece que esta pereza seria una cobardía y me retracto.

V

Llegamos a Palma el mes de Noviembre de 1838, con un calor comparable al de nuestro mes de Junio. Habíamos salido de París quince días antes con un tiempo extremadamente frío, y fue para nosotros un gran placer, después de haber sentido los primeros síntomas del invierno, dejar el enemigo a retaguardia. A este placer se juntaba el de recorrer una ciudad de mucho carácter, poseedora de muchos monumentos de primer orden en hermosura y en rareza.

Pero bien pronto vino a preocuparnos la dificultad de establecernos, y vimos que los españoles que nos habían recomendado Mallorca como el país más hospitalario y el más abundante en recursos, se habían engañado tanto como nosotros. En una comarca tan cercana a las grandes civilizaciones de Europa, no se nos alcanzaba que no pudiésemos encontrar un solo albergue. Esta falla de sitio donde albergarnos debió hacernos comprender desde luego lo que era Mallorca en relación al resto del mundo y decidirnos a volver enseguida a Barcelona, donde al menos, existe una mala fonda llamada enfáticamente *Fonda de las Cuatro Naciones*.

En Palma es necesario anunciarse y recomendarse a veinte personas de las más notables muchos meses antes para no quedarse en medio de la calle. Todo lo que pudo hacerse por nosotros, fue procurarnos dos pequeñas habitaciones amuebladas, o mejor, desamuebladas, en una especie de mal mesón, donde los extranjeros se han de dar por muy satisfechos si encuentran un catre con un colchón blando y rollizo como una pizarra, una silla de paja y, en cuanto a alimentos, pimienta y ajos a discreción.

En menos de una hora pudimos convencernos de que si no nos mostrábamos encantados de esta recepción, se nos miraría con malos ojos, como impertinentes o remilgados, o se nos tendría piadosamente por locos; desgracia que tiene todo aquél que en España no está contento.

El más insignificante gesto que hiciérais al encontrar porquería en las camas o escorpiones en la sopa, os acarrearía el desprecio más profundo y levantaría universal indignación en contra vuestra. Nos guardamos, pues, muy bien, de quejarnos, y, poco a poco comprendimos a qué se debió esta escasez de recursos y esta falta aparente de hospitalidad.

Además de la poca actividad y energía de los mallorquines, la guerra civil que trastornaba a España hacia mucho tiempo, había interceptado en esta época toda comunicación entre la isla y el continente; Mallorca había servido de refugio a cuantos españoles pudiera albergar y los indígenas encerrados en sus hogares, se guardaban muy bien de salir de ellos para buscar aventuras en la madre patria.

A estas causas es preciso añadir la ausencia total de industria y el rigor de las aduanas que recargan todos los objetos necesarios al bienestar con un impuesto desmedido. Palma solo tiene cabida para un cierto número de habitantes y a medida que la población aumenta, como no se edifica, se aglomeran las gentes de un modo extraordinario. Nada se renueva en estas habitaciones. Excepto en casa de dos o tres familias, el mobiliario ha cambiado poco desde hace 200 años. No se conoce ni el imperio de la moda, ni el deseo de lujo, ni el de las comodidades de la vida. Hay apatía de un lado, dificultad del otro; y así se quedan. Se tiene lo estrictamente necesario, pero nada más. Así es que la hospitalidad no pasa de ofrecimientos. Hay una frase consagrada en Mallorca como en toda España para dispensarse de prestar cosa alguna; consiste en ofrecerlo todo. La casa y todo lo que contiene está a vuestra disposición. No podéis mirar un cuadro, tocar una tela, levantar una silla sin que se os diga con mucha cortesía: Está a la disposición de V. Pero guardaos muy bien de aceptar, pues aunque fucre un alfiler seria una indiscreción grosera. Cometí una impertinencia de este género a mi llegada a Palma y creo firmemente que no me rehabilitaré jamás en el ánimo del marqués de ***.

Había sido muy recomendado a este Joven león palmesano y creí poder aceptar su coche para dar un paseo. ¡Me lo ofrecieron de una manera tan amable! Pero al día siguiente recibí una esquela del marquesito que me hizo comprender que había faltado a todas las conveniencias y me apresuré a devolver el vehículo sin haberme servido de él.

No obstante, he encontrado excepciones a esta regla, pero se trataba de personas que habían viajado, y que, conociendo bien el mundo, eran en realidad los ciudadanos de todos los países. Si otras se sentían inclinadas a la cortesanía y a la franqueza por la bondad de su corazón, ninguna (es necesario decirlo para comprobar la penuria que la aduana y la falta de industria han causado en este rico país), ninguna hubiese podido cedernos un rincón de su casa sin imponerse tales molestias y tales privaciones que hubiéramos sido verdaderamente indiscretos aceptándolo.

Tuvimos ocasión de reconocer esta imposibilidad de su parte, cuando buscábamos sitios donde instalarnos. Era imposible encontrar en toda la ciudad una sola vivienda que fuera habitable.

Una habitación en Palma se compone de cuatro paredes absolutamente desnudas, sin puertas ni ventanas. En la mayor parte de las casas burguesas no se usan vidrieras, y cuando uno quiere procurarse esta comodidad muy necesaria en invierno, es preciso mandar hacer los marcos. Cada inquilino cuando se muda (y no se mudan con frecuencia) se lleva pues, las hojas de las ventanas, las cerraduras y hasta los goznes de las puertas. Su sucesor se ve obligado a reponerlos, a menos de que no quiera vivir en pleno aire, gusto muy extendido en Palma.

Por otra parte se necesitan seis meses al menos para hacer no solamente las puertas y las ventanas, sino las camas, las mesas, las sillas, todo en fin, por sencillo y primitivo que sea el mueblaje. Hay muy pocos obreros y los que hay no se dan mucha prisa, les faltan útiles y materiales. Hay siempre alguna razón para que el mallorquín no se apresure. ¡La vida es tan larga! Es necesario ser francos, es decir, extravagante y arrebatado, para querer que se haga una cosa enseguida. Y si habéis esperado ya seis meses ¿por qué no habéis de esperar otros seis? Y si no estáis contentos en este país, ¿por qué permanecéis en él? ¿Acaso os hemos ido a buscar nosotros? Muy bien podíamos pasarnos sin vuestra presencia. ¿Creéis haber venido aquí para trastornarlo todo? ¡Oh, de ninguna manera! Nosotros ¿comprendéis? dejamos decir y hacemos lo que nos place.

–Pero ¿no hay nada para alquilar?

–¿Alquilar? ¿Qué es esto de alquilar muebles? ¿Acaso los tenemos de sobra para alquilarlos?

–Pero ¿no los hay para vender?

–¡Vender! Antes sería preciso que los tuviéramos hechos. ¿Creéis que nos sobra tiempo para hacerlos sin que nos los encarguen? Si los queréis, mandadlos a buscar de Francia, ya que en ese país hay de todo.

– Pero, para mandarlos a buscar a Francia es necesario esperar seis meses y pagar los derechos, y cuando se comete la tontería de venir, la única manera de repararla es volverse.

–Esto es lo que os aconsejo, o bien tener paciencia, mucha paciencia; mucha calma, según expresa la sabiduría mallorquína, íbamos a seguir este consejo cuando, con muy buena voluntad seguramente, se nos prestó él flaco servicio de proporcionarnos una casa de campo para alquilar.

Era la quinta de un rico burgués que, por un precio muy moderado para nosotros, pero bastante elevado para los del país (cerca de cien francos por mes) nos la cedía con todo su mobiliario. Como todas las casas de recreo del país, tenia camas de tijera o de madero pintada de verde, algunas compuestas de dos banquillos sobre los cuales se colocan dos tablas y un colchón delgado; sillas de paja; mesas de madera tosca; paredes desnudas bien blanqueadas con cal; y, por exceso de lujo, las ventanas con cristales en casi todos los dormitorios; en fin, a manera de cuadros, en la pieza que se llamaba el salón, cuatro horribles delanteras de chimenea como las que se ven en nuestros más miserables mesones de aldea, y que el Sr. Gómez, nuestro propietario, había tenido la candidez de poner en marcos cuidadosamente, como si se tratara de estampas preciosas, para decorar los muros de su mansión. Por lo demás, la habitación era vasta, aireada (demasiado aireada), bien distribuida y situada en un lugar muy alegre, al pie de montañas de fértiles laderas, en el fondo de un rico valle que cierran las amarillentas murallas de Palma, la masa enorme de su Catedral y el mar reluciente al horizonte.

Los primeros días que pasamos en este retiro, los empleamos muy bien en paseos y dulces correrías, a las que nos convidaba un clima delicioso, una naturaleza encantadora enteramente nueva para nosotros.

Jamás me he encontrado muy lejos de mi país aunque haya pasado gran parte de mi vida viajando. Era, pues la primera vez que veía una vegetación y un terreno esencialmente diferentes de los que presentan nuestras latitudes templadas.

Cuando llegué a Italia, desembarqué en las playas de la Toscana, y la idea grandiosa que me había formado de estas comarcas me impidió saborear su belleza pastoril y su gracia placentera. En las orillas del Arno, me creía sobre la ribera del Indre, y marché hasta Venecia sin asombrarme ni conmoverme por nada. Pero en Mallorca no pude establecer comparación alguna con otros sitios conocidos. Los hombres, las casas, las plantas y hasta los más pequeños guijarros del camino, tenían un carácter típico.

Mis hijos estaban tan admirados que hacían colecciones de todo, y querían llenar nuestras maletas de aquellas hermosas piedras de cuarzo y de mármoles veteados de todos colores, de que están formados los muros de piedras secas que cierran todos los cercados. Así es que los campesinos, viéndonos recoger hasta las ramas muertas, nos tomaban por boticarios, o nos miraban como verdaderos idiotas.

VI

La isla debe la gran variedad de sus aspectos al movimiento perpetuo que presenta un suelo cultivado y agitado por cataclismos posteriores a los del mundo primitivo. La parte que nosotros habitábamos entonces, llamada Establiments, contenía en un horizonte de algunas leguas, sitios de muy diversos aspectos.

A nuestro alrededor todo el cultivo inclinado sobre cerros fértiles, estaba dispuesto en anchas gradas irregularmente trazadas en torno de las colinas. Este cultivo en bancales, adoptado en la parte accidentada de la isla que las lluvias y las crecidas súbitas de los torrentes amenazan de continuo, es muy favorable a los árboles y da a la campiña el aspecto de un vergel admirablemente cuidado.

A nuestra derecha, las colinas se elevaban progresivamente desde la pradera en suave pendiente hasta la montaña cubierta de pinos. Al pié de estas montañas corre, en invierno y durante los aguaceros del verano, un torrente que no presentaba todavía a nuestra llegada más que un lecho de guijarros, en desorden. Pero los hermosos musgos que cubrían las piedras, los puentecillos, verdosos por la humedad, agrietados por la violencia de las corrientes y medio ocultos por las ramas pendientes de los fresnos y de los álamos; el complicado enlace de estos hermosos árboles esbeltos y frondosos que se inclinaban para formar una bóveda de verdura de una a otra orilla, un delgado hilo de agua que corría sin ruido por entre los juncos y los mirtos, y con frecuencia algún grupo de niños, de mujeres y de cabras echados en los remansos misteriosos, hacían de este sitio un cuadro admirable para la pintura.

Íbamos todos los días a pasearnos por el lecho del torrente y llamábamos a este rincón del paisaje el *Poussin*, porque esta naturaleza libre, elegante y bravía nos recordaba, con su melancolía, los sitios predilectos de este gran maestro.

A algunos centenares de pasos de nuestra casa, el torrente se dividía en varias ramificaciones y su curso parecía perderse en la llanura. Los olivos y los algarrobos juntaban sus ramas sobre la tierra labrada y daban a esta región cultivada el aspecto de un bosque.

Sobre los numerosos oteros que bordean esta parte tan bien arbolada se levantan chozas de mucho carácter, aunque de dimensiones realmente liliputienses. No puede uno figurarse cuantas casitas, soportales, establos, patios y jardines acumula un *pagés* (campesino propietario), en una fanega de tierra, y qué gusto innato preside inconscientemente a esta disposición caprichosa. La casita está ordinariamente compuesta de dos pisos con un techo plano, cuyo reborde avanzado da sombra a una galería descubierta por ambos lados, como una hilera de almenas que terminase un techo florentino. Este coronamiento simétrico da una apariencia de esplendor y de fuerza a las construcciones más débiles y pobres, y los enormes racimos de mazorcas puestas a secar al aire, suspendidas entre cada abertura de la galería, forman un pesado festón alternando de rojo y amarillo de ámbar cuyo efecto es prodigiosamente rico y coquetón.

Al rededor de esta casita se eleva ordinariamente un cercado de nopales cuyas palas extraordinarias se entrelazan formando muro, y protegen contra los vientos fríos los débiles abrigos de algas y cañas que sirven para encerrar las ovejas. Como estos campesinos no se roban entre sí jamás, no tienen para cerrar sus propiedades más que una barrera de este género. Espesas plantaciones de almendros y naranjos rodean la huerta donde no se cultiva casi otra hortaliza que el pimiento y el tomate; pero todo esto es de un color magnifico; y, a menudo, para coronar el hermoso cuadro que forma esta habitación, una sola palmera despliega en medio su gracioso parasol o se inclina sobre un costado con gracia, como un hermoso penacho.

Esta región es una de las más florecientes de la isla, y las razones que da de ello M. Grasset de Saint Sauveur en su *Viaje a las Islas Baleares,* confirman lo que he dicho antes relativo a la insuficiencia del cultivo en Mallorca. Las observaciones que este funcionario imperial hacia en 1807 acerca de la apatía y de la ignorancia de los *pageses* mallorquines le llevaron a investigar sus causas. Encontró dos principales. La primera es la gran cantidad de conventos que absorbía una parte de la población, ya de sí restringida. Este inconveniente ha desaparecido, gracias al enérgico decreto de Mendizábal, que los devotos de Mallorca no le perdonarán jamás. La segunda es el espíritu de servidumbre que reina entre ellos, y que les encierra por docenas al servicio de los ricos y de los nobles. Este abuso subsiste todavía en todo su vigor. Todo aristócrata mallorquín tiene una servidumbre numerosa que sus rentas apenas bastan a mantener, aunque no le procure ningún bienestar; es imposible estar peor servido de lo que se está con esta especie de servidores honorarios. Cuando uno se pregunta cómo un rico mallorquín puede gastar sus rentas en un país donde no hay ni lujo ni tentaciones de ningún género, no se lo puede explicar sino viendo su casa llena de haraganes sucios, de los dos sexos, que ocupan una porción de habitaciones destinadas a este objeto, y que, desde que han pasado un año al servicio del dueño, tienen derecho por toda su vida a casa, vestido y manutención. Aquellos que quieren dejar el servicio pueden hacerlo renunciando a algunos beneficios, pero el uso les autoriza todavía a ir cada mañana a tomar el chocolate con sus antiguos compañeros y a tomar parte, como Sancho en casa de Camacho, en todas las francachelas de la casa.

A primera vista, estas costumbres parecen patriarcales, y desde luego se inclina uno a admirar el sentimiento republicano que preside las relaciones entre amo y criado; pero bien pronto advierte que es un republicanismo al estilo de la antigua Roma; y que estos criados son clientes encadenados por la pereza o por la miseria a la vanidad de sus patronos. En Mallorca es un lujo tener quince criados en una casa que apenas podría tener dos. Y cuando vemos vastos terrenos baldíos, la industria perdida y toda idea de progreso proscrita por la inepcia y la incuria, no se sabe cual es más despreciable, si el amo que fomenta y perpetúa de este modo el rebajamiento moral de sus semejantes o el esclavo que prefiere una ociosidad degradante, al trabajo que le haría recobrar una independencia conforme a la dignidad humana. Ha llegado el caso, sin embargo, de que, a fuerza de ver aumentar el presupuesto de sus gastos y disminuir el de sus ingresos, algunos ricos propietarios mallorquines se han decidido a remediar la incuria de sus colonos y la miseria de sus trabajadores. Han vendido una parte de sus tierras a censo a los campesinos, y M. Grasset de Saint Sauveur, se ha convencido de que en todas las grandes propiedades donde se había implantado este sistema, la tierra, herida en apariencia de esterilidad, había producido tanto en manos de hombres interesados en su mejora, que en pocos años unos y otros habían mejorado de fortuna.

Las predicciones de Mr. Grasset, se han realizado por completo, y hoy la región de Establiments, entre otras, se ha convertido en un vasto jardín. La población ha aumentado; numerosas casas han sido construidas sobre los altozanos, y los campesinos han adquirido cierto bienestar que, si bien no les ha ilustrado todavía, les ha dado más aptitud para el trabajo. Se necesitarán muchos años para que el mallorquín sea activo y laborioso, y sí es necesario que, como nosotros, atraviese la dolorosa fase del ansia de riqueza individual para llegar a comprender que no es este el fin de la humanidad, bien podemos dejarle su guitarra y su rosario para matar el tiempo.

Pero, sin duda, mejores destinos que los nuestros están reservados a esos pueblos niños que algún día iniciaremos en la verdadera civilización, sin echarles en cara cuanto habremos hecho por ellos. No son bastante grandes para desafiar las tempestades revolucionarias que el sentimiento de nuestra perfectibilidad ha levantado sobre nuestras cabezas. Solos, desheredados, perseguidos y combatidos por el resto de la tierra, hemos dado pasos inmensos, y el ruido do nuestras luchas gigantescas no ha despertado de su profundo sueño a esas pequeñas poblaciones que duermen al alcance de nuestro cañón en el seno del Mediterráneo.

Día vendrá en que les conferiremos el bautismo de la verdadera libertad y se sentarán en el banquete como los obreros de la duodécima hora. Encontremos la divisa de nuestro destino social, realicemos nuestros ensueños sublimes, y mientras que las naciones que nos rodean entren poco a poco en nuestra iglesia revolucionaria, esos desgraciados isleños, cuya debilidad los pone a merced de naciones madrastras que se los disputan sin cesar, acudirán a nuestra comunión. Mientras llega ese día en que proclamemos, los primeros en Europa, la ley de la igualdad para todos los hombres y de la independencia para todos los pueblos, la ley del más fuerte en la guerra o del más astuto en el juego, la diplomacia, gobernarán el mundo. El derecho de gentes no es más que una palabra, y la suerte de todas las poblaciones aisladas y reducidas, «como el transílvano, el turco y el húngaro» es ser devoradas por el vencedor. Si así hubiera de ser siempre, no desearía por tutora a Mallorca, ni España, ni Inglaterra, ni siquiera Francia, y me interesaría tan poco por la liberación fortuita de su existencia como por la extraña civilización que llevamos al África.

VII

Hacía tres semanas que estábamos en Establiments cuando empezaron las lluvias. Hasta entonces habíamos tenido un tiempo inmejorable; los limoneros y los mirtos estaban todavía en flor y, en los primeros días de Diciembre, permanecí al aire libre, sobre una terraza, hasta las cinco de la mañana; entregado al bienestar de una temperatura deliciosa. En esto de frío puedo servir de modelo, porque no conozco persona en el mundo que sea más friolera que yo, y el entusiasmo por la naturaleza no es capaz de hacerme insensible al menor frío. Por otra parte, a pesar del encanto del paisaje iluminado por la luna y del perfume de las flores que subía hasta mí, mi velada no fue muy conmovedora. Estaba allí, no como un poeta buscando inspiración, sino como un ocioso que contempla y escucha. Me ocupaba, bien me acuerdo, en recoger los ruidos de la noche para darme cuenta de ellos.

Es muy cierto, y lo sabe todo el mundo, que cada país tiene sus harmonías, sus quejas, sus gritos, sus cuchicheos misteriosos y esta lengua material de las cosas es uno de los signos más característicos que admira el viajero. El chasquido misterioso del agua sobre las frías paredes de los mármoles, el paso tardo y acompasado de los esbirros sobre el muelle, el grito agudo y casi infantil de los musgaños que se persiguen y se querellan entre piedras fangosas, en fin, todos los ruidos furtivos y singulares que turban débilmente el triste silencio de las noches de Venecia, no se parecen en nada al ruido monótono del mar, al *quien vive* de los centinelas y al canto melancólico de los serenos de Barcelona. El lago Mayor tiene harmonías diferentes de las del lago de Ginebra. El perpetuo crujido de las pifias en los bosques de la Suiza no se parece en nada absolutamente a los crujidos que se dejan oír sobre los glaciares.

En Mallorca el silencio es más profundo que en parte alguna. Las burras y los mulos que pasan la noche pastando, lo interrumpen a veces, sacudiendo sus esquilas, cuyo sonido es menos grave y más melodioso que el que producen las vacas suizas. El bolero se oye allí en los sitios más desiertos y en las noches más sombrías. No hay un campesino que no tenga su guitarra y que no vaya siempre con ella. Desde mi terraza oía también el mar pero tan lejano y tan débil que acudía a mi memoria la poesía extrañamente fantástica y sorprendente de Djins.

Escucho.
Todo huye.
Se duda.
De noche, todo pasa:
el espacio
absorbe
el ruido.

En la granja vecina, oía el lloriqueo de un niño, y la madre, para dormirle, le cantaba un bonito aire del país, monótono, triste, completamente árabe. Pero otras voces menos poéticas vinieron a recordarme la parte grotesca de Mallorca.

Los cerdos se despertaron y gruñeron de un modo que no me es posible definir. Entonces el *pagés*, padre de familia, se despertó a la voz de sus cerdos queridos, como la madre se había despertado por los llantos de su hijito; le oí asomarse a la ventana y reprender a los huéspedes del establo vecino con voz imperiosa. Los cerdos le entendieron muy bien, pues se callaron. Después el payés, para volver a dormirse probablemente, se puso a rezar su rosario con voz lúgubre que se apagaba o reanimaba como el murmullo lejano de las olas; era a medida que el sueño venía o se disipaba.

De tiempo en tiempo volvía a oírse algún gruñido salvaje; el payés levantaba entonces la voz sin interrumpir su plegaria y los dóciles animales, por un *Ora pro nobis*, o un *Ave María* pronunciados de cierta manera, se callaban de repente. En cuanto al niño, escuchaba sin duda con los ojos abiertos; entregado a esa especie de estupor en que los ruidos no comprendidos sumergen el pensamiento naciente del hombre en la cuna, que tan misteriosamente trabaja consigo mismo antes de manifestarse.

Pero, de repente, después de unas noches tan serenas, empezó a diluviar. Una mañana después que el viento nos hubo columpiado toda la noche, con sus largos gemidos, mientras las lluvias azotaban nuestros cristales, percibimos al despertarnos, el ruido del torrente que empezaba a abrirse camino por entre las piedras de su lecho. Al día siguiente, se oía con más fuerza. Dos días después, hacía rodar las rocas que se oponían a su curso. Todas las flores de los árboles habían caído, y la lluvia chorreaba en nuestros mal cerrados dormitorios.

No se comprende como los mallorquines toman tan pocas precauciones contra esas plagas del viento y de la lluvia. Su ilusión o su fanfarronería es tan grande, desde este punto de vista, que niegan absolutamente esas inclemencias accidentales, pero serios, de su clima. Hasta el fin de los dos meses de diluvio que tuvimos que aguantar nos sostuvieron que no llovía jamás en Mallorca. Si hubiésemos observado mejor la posición de los picos de las montañas y la dirección habitual de los vientos, nos hubiésemos convencido de antemano de los inevitables sufrimientos que nos esperaban.

Pero otra decepción nos estaba reservada, y es la que he indicado más arriba, puesto que he empezado a narrar mi viaje por el final. Uno de nosotros cayó enfermo. De una complexión muy delicada, sufriendo una gran irritación de la laringe, experimentó bien pronto los efectos de la humedad. La casa del Viento (Son Vent), este es el nombre de la quinta que el señor Gómez nos había alquilado, se hizo inhabitable. Las paredes eran tan delgadas, que la cal de que estaban embadurnados nuestros dormitorios se hinchaba como una esponja. Jamás he sufrido tanto frío, aunque en realidad no hiciera mucho; pero para nosotros, que estamos acostumbrados a calentarnos en invierno, aquella casa sin chimenea pesaba sobre nuestros hombros como un manto de hielo, y me sentía paralizado.

No podíamos habituarnos al olor asfixiante de los braseros, y nuestro enfermo empezó u sufrir y a toser.

Desde este momento causamos horror y espanto a la población. Nos declararon atacados y convictos de tisis pulmonar, lo cual equivale a la peste en las preocupaciones contagiosas de la medicina española. Un médico rico, que por la módica retribución de 15 francos se dignó venir a hacernos una visita, declaró sin embargo que no era nada, y nada recetó. Le habíamos puesto el apodo de Malvavisco, porque no nos prescribió otra cosa.

Otro médico vino galantemente a socorrernos, pero la farmacia de Palma estaba tan mal provista que no pudimos adquirir mas que drogas detestables.

Por otra parte la enfermedad debió agravarse por causas que ninguna ciencia ni ningún cuidado podían combatir eficazmente.

Una mañana en que estábamos muy intranquilos por la larga duración de las lluvias y de nuestros sufrimientos, recibimos una carta del terrible Gómez en la que nos decía, en estilo español, que teníamos una persona, la cual tenia una enfermedad que llevaba el contagio a sus hogares y amenazaba prematuramente los días de su familia, en virtud de lo cual nos rogaba que desocupáramos su palacio lo más pronto posible.

Esta determinación no nos causó gran disgusto, pues no podíamos estar más tiempo allí sin peligro de quedar anegados en nuestros dormitorios; pero nuestro enfermo no se hallaba en estado de ser transportado sin peligro, sobre todo con los medios de transporte usados en Mallorca y con el tiempo que hacia. Además había la dificultad de saber a donde iríamos, pues como la noticia de nuestra tisis se había esparcido instantáneamente, no era de esperar que encontrásemos fácilmente un asilo en parte alguna aunque fuese a peso de oro, aunque fuese por una sola noche.

Bien sabíamos que las personas obsequiosas que nos harían ese ofrecimiento no estaban tampoco al abrigo de la preocupación y que, por otra parte, las envolveríamos en la reprobación que pesaba sobre nosotros. Sin la hospitalidad del cónsul de Francia, que hizo milagros para recogernos a todos bajo su techo, nos hubiéramos visto obligados a acampar en alguna caverna como verdaderos bohemios.

Ocurrió otro milagro y encontramos un asilo para el invierno. Había en la Cartuja. de Valldemosa un español refugiado, que se había escondido allí por no sé qué motivo político. Yendo a visitar la Cartuja, habíamos quedado sorprendidos de la distinción de sus maneras, de la hermosura melancólica de su mujer y del mueblaje rústico, y sin embargo confortable de su celda. La poesía de esta Cartuja me había trastornado la cabeza. Aconteció que la misteriosa pareja quiso abandonar precipitadamente el país y con tanto gusto nos cedió su celda amueblada como tuvimos nosotros en aceptarla. Por la módica cantidad de mil francos, tuvimos, pues, un menaje completo, pero tal como yo hubiésemos podido adquirir en Francia por cien escudos; tan raros, costosos y difíciles de reunir en Mallorca son los objetos de primera necesidad. Como pasamos cuatro días en Palma, aunque me separé poco esta vez de la chimenea que el cónsul tenía la dicha de poseer (el diluvio continuaba aún), haré aquí una interrupción a mi relato para describir un poco la capital de Mallorca.

M. Laurens que vino a explorarla y a dibujar sus más hermosos aspectos el año siguiente, será el cicerone que presentaré ahora al lector, como más competente que yo en arqueología.

SEGUNDA PARTE

VIII

Aunque Mallorca haya estado ocupada cuatrocientos años por los moros, ha conservado pocas huellas de su permanencia. En Palma no queda de ellos más que una pequeña sala de baños.

De los romanos no queda nada y de los cartagineses solamente algunos restos cerca de la antigua capital de Alcudia y la tradición del nacimiento de Aníbal, que M. Grasset de Saint Sauveur, atribuye a la jactancia mallorquína, aunque este hecho no esté desprovisto de verosimilitud.

Pero el gusto árabe se ha perpetuado en las más insignificantes construcciones y era necesario que M. Laurens, deshiciera todos los errores arqueológicos de sus antecesores para que los viajeros ignorantes como yo, no creyeran encontrar a cada paso vestigios auténticos de la arquitectura árabe.

«No he visto en Palma, dice M. Laurens, edificios cuya fecha parezca muy antigua. Los más interesantes por su arquitectura y su antigüedad pertenecen todos al principio del siglo XVI, pero el arte gracioso y brillante de esta época, no se manifiesta allí bajo la misma forma que en Francia».

«Las casas no tienen encima del zaguán más que un piso y un granero muy bajo.

«La entrada por la calle consiste en un portal o arco de medio punto, sin ningún ornamento; pero su dimensión y el gran número de piedras dispuestas en largos radios le dan una gran fisonomía. La luz penetra en las grandes salas del primer piso a través de altas ventanas divididas por columnas excesivamente delgadas que les dan una apariencia enteramente árabe.

«Este carácter es tan pronunciado que me he visto precisado a examinar más de veinte casas construidas de idéntica manera y estudiarlas en todas las partes de su construcción para llegar a la certeza de que estéis ventanas no habían sido arrancadas a algún muro de esos palacios moriscos verdaderamente mágicos, de que la Alhambra de Granada nos queda como muestra.

«Solamente en Mallorca he encontrado columnas que, con una altura de seis pies, no tienen más que tres pulgadas de diámetro. La finura de los mármoles de que están construidas, el gusto del capitel que las corona, todo me ha inducido a creerlas árabes. Sea lo que fuere, el aspecto de estas ventanas es tan lindo como original.

«El granero que constituye el piso superior es una galería, o mejor una serie de ventanas aproximadas y copiadas exactamente de las que forman el coronamiento de la Lonja».

«En fin, un techo muy saliente sostenido por maderos artísticamente cincelados preserva este piso de la lluvia o del sol y produce efectos agradables de luz por las largas sombras que proyecta sobre la casa y por el contraste de la masa parda de la armadura con los tonos brillantes del cielo.

»La escalera, trabajada con mucho gusto, está colocada en un patio, en el centro de la casa y separada de la entrada que da a la calle por un vestíbulo donde se ven pilastras cuyo capitel está ornamentado con hojas esculturadas o con algún blasón sostenido por ángeles.

»Durante más de un siglo después del renacimiento, los mallorquines han gastado gran lujo en la construcción de sus habitaciones particulares. Siguiendo siempre la misma distribución, han llevado a los vestíbulos y a las escaleras los cambios de gusto que la arquitectura debía introducir, así es que se encuentra por todas partes la columna toscana o dórica; rampas balaustradas dan siempre una apariencia suntuosa a las viviendas de la aristocracia.

»Esta predilección por la riqueza ornamental de la escalera y este recuerdo del gusto árabe se encuentran también en las más humildes habitaciones, aún cuando un solo tramo conduzca directamente de la calle al primer piso. En este caso, cada peldaño está recubierto por ladrillos de loza con flores brillantes, azules, amarillas o rojas.»

Esta descripción es muy exacta y los dibujos de M. Laurens, hacen ver bien la elegancia de estos interiores, cuyo peristilo ofrecería a nuestros teatros hermosas decoraciones de una extremada sencillez.

Estos zaguanes empedrados con piedras calizas y a menudo rodeados de columnas como el *cortile* de los palacios de Venecia, tienen también en su mayor parte en el centro un pozo de un gusto muy puro. No tienen ni el mismo aspecto ni el mismo uso que nuestros patios sucios y desnudos. No se coloca en ellos jamás la entrada de las cuadras o de las cocheras. Son verdaderos patios y recuerdan en algo el atrio de los romanos. Se encuentran allí algo parecido al *prothyrum* y al *cavaedium*; el pozo de en medio ocupa evidentemente el lugar del *impluvium*.

Cuando estos peristilos están adornados con tiestos de flores y esterillas de junco, tienen un aspecto a la vez elegante y severo cuya poesía no comprenden en manera alguna los señores mallorquines, pues siempre se quejan de la vetustez de sus habitaciones, y, si admiráis el estilo de ellas, sonríen creyendo que os burláis, o desprecian tal vez para sus adentros el ridículo exceso de cortesía francesa.

Por lo demás, no es todo igualmente poético en la morada de los nobles mallorquines. Hay ciertos detalles de suciedad que no me seria posible explicar a mis lectores, a menos que, como escribía Jacquemont hablando de las costumbres indias, no acabase mi escrito en latín. No sabiendo latín remito a los curiosos al pasaje que M. Grasset de Saint Sauveur, escritor menos serio que M. Laurens, pero muy verídico en este punto, consagra a la situación de las despensas en Mallorca y en muchas casas antiguas de España e Italia.

Este pasaje es curioso a causa de una prescripción de la medicina española que reina aun en todo su vigor en Mallorca y que no puede ser más extraña. El interior de estos palacios no corresponde en manera alguna al exterior. Nada más significativo, lo mismo entre las naciones que entre los individuos, que la disposición y el moblaje de las habitaciones.

En París, donde los caprichos de la moda y la abundancia de productos industriales hacen variar de tan extraña manera el aspecto de los aposentos, es suficiente ¿no es así? entrar en la casa de una persona acomodada para formarse a primera vista idea de su carácter, para conocer si es persona de gusto o si ama el orden, si es avaro o descuidado, si tiene espíritu metódico o romántico, si es hospitalario o amigo de la ostentación. Tengo mis ideas con respecto a esto, como cada uno tiene las suyas, lo que no impide que me engañe muy a menudo en mis inducciones, como acontece a muchos otros.

Me causa, sobre todo, verdadero horror una pieza con pocos muebles y muy bien ordenada. A menos que no la habiten como tienda de campaña una gran inteligencia y un gran corazón, completamente emancipados de la esfera de las pequeñas observaciones materiales, me imagino que el huésped de tal mansión es un cabeza vacía y un corazón frío.

No comprendo que cuando realmente se habita entre cuatro paredes, no se sienta el deseo de llenarlas, aunque no sea más que con zoquetes o cestos, y de ver vivir algo en torno suyo, aunque no sea más que un humilde alelí o un pobre gorrión.

El vacío y la inmovilidad me hielan de espanto, la simetría y el orden riguroso me llenan de tristeza, y si mi imaginación pudiera representarse la condenación eterna, mi infierno sería ciertamente vivir para siempre en ciertas casas de provincias donde reina el orden más perfecto, donde nada cambia nunca de sitio, donde no se ve nada por los suelos, donde nada se usa ni se rompe y donde no penetra nunca un animal, todo bajo pretexto de que las cosas animadas deterioran las cosas inanimadas. ¡Que perezcan todas las alfombras del mundo, si no he de disfrutarlas más que con la condición de no ver brincar sobre ellas un niño, un perro o un gato!

Esta limpieza rígida no arranca del verdadero amor al aseo, sino de una excesiva pereza o de una economía sórdida. Con un poco más de cuidado y de actividad, el ama de gobierno simpática a mis gustos, puede mantener en nuestra habitación interior este aseo del que yo no puedo prescindir en manera alguna.

Pero ¿qué decir y qué pensar de las costumbres de una familia para quien la palabra *home* es vacía e inmóvil, sin tener la excusa o el pretexto de la limpieza? Si no es raro engañarse fácilmente, como decía hace poco, en las inducciones particulares, es difícil engañarse en las inducciones generales. El carácter de un pueblo se revela tanto en su manera de vestir y en el moblaje que usa, como en sus facciones y en su lenguaje.

Habiendo recorrido la ciudad de Palma para buscar habitación, entré en gran número de casas; y de tal modo se parecían todas ellas que no pude menos de atribuir a los que las habitan un carácter general. No he penetrado en ninguno de estos interiores sin que se me oprimiera el corazón de contrariedad y de enojo, solo con ver las paredes desnudas, las losas manchadas y polvorosas, los muebles raros y sucios. Todo atestiguaba la indiferencia y la inacción; ni un libro, ni una labor de mujer.

Los hombres no leen, las mujeres no cosen siquiera. El solo indicio de una ocupación doméstica es el olor de ajo que revela el trabajo culinario y las únicas señales de un recreo intimo son las colillas de cigarro esparcidas por el suelo.

Esta ausencia de vida intelectual convierte la habitación en una cosa muerta y vacía que no tiene parecido entre nosotros y que da al mallorquín mayor semejanza con el africano que con el europeo.

Así, todas estas casas donde las generaciones se suceden sin transformar nada en ellas y sin imprimir huella individual alguna en las cosas que ordinariamente participan en cierto modo de nuestra vida humana, hacen más el efecto de paradas de caravanas que de verdaderas casas; y mientras las nuestras dan la idea de un nido para la familia, aquellas parecen posadas donde los grupos de una población errante se retirarían indiferentemente para pasar la noche. Personas que conocen bien España me dicen que sucede generalmente lo propio en toda la península.

Como he dicho más arriba, el peristilo o atrium de los palacios de caballeros (así es como se titulan todavía ios patricios de Mallorca) tiene un gran carácter de hospitalidad y aún de bienestar. Pero desde que habéis franqueado la elegante escalera, y penetrado en el interior de los dormitorios creeréis entrar en un sitio dispuesto solo para la siesta. Vastas salas, ordinariamente en forma de cuadrilongo, muy elevadas, muy frías, muy sombrías, completamente desnudas, blanqueadas con cal, sin ningún adorno, con grandes retratos de familia, viejos, negros y colocados en una sola línea, tan altos que no se distingue nada en ellos; cuatro o cinco sillas de un cuero grasiento y comido de insectos, bordeadas de grandes clavos dorados que no han sido limpiados nunca desde hace doscientos años; algunas esteras valencianas, o solamente algunas pieles de carnero con largos pelos, arrojadas acá y allá sobre el suelo; ventanas colocadas muy alto y cubiertas con cortinas recias. Anchas puertas de encina negra lo mismo que el techo artesonado, y a veces una antigua cortina de paño de oro que lleva el escudo de la familia, ricamente bordado pero maltrecho y deslucido por el tiempo; tales son los palacios mallorquines en su interior. No se ven apenas otras mesas que las de comer, los espejos no abundan y ocupan tan poco espacio en tan inmensos tesoros que no reflejan claridad alguna. El dueño de la casa se halla en pie y fumando en un profundo silencio; la dueña sentada en una gran silla y manejando el abanico sin pensar en nada. No se ven nunca los hijos; viven con los criados, en la cocina o en el granero, no lo sé bien; los padres no se ocupan de ellos. Un capellán va y viene en la casa sin hacer nada. Los quince o treinta criados duermen la siesta, mientras que una vieja sirvienta, arisca, abre la puerta al décimo quinto campanillazo del visitante. A esta vida no le falta ciertamente carácter, como diríamos en la acepción ilimitada que damos hoy día a esta palabra; pero si se condenase a vivir de esta manera al más calmoso de nuestros burgueses, se volvería a no dudarlo, loco de desesperación, o demagogo por reacción del espíritu.

IX

Los tres principales edificios de Palma son la Catedral, la Lonja y el Palacio Real.

La Catedral, atribuida por los mallorquines a Jaime el Conquistador, su primer rey cristiano y en algún modo su Carlomagno, fue, en efecto, empezada en este reinado, pero no fue terminada hasta 1601.

Es de una inmensa desnudez; la piedra calcárea de que toda ella está fabricada es de grano muy fino y de un hermoso color de ámbar. Esta imponente masa, que se eleva a la orilla del mar, produce un gran efecto cuando se entra en el puerto; pero, en cuanto al gusto, sólo tiene de notable el portal meridional señalado por M. Laurens, como el más hermoso espécimen del arte gótico que haya tenido jamás ocasión de dibujar. El interior es de los más severos y de los más sombríos.

Como los vientos marítimos penetraban con furor por las largas aberturas del portal mayor y derribaban los cuadros y los vasos sagrados durante los oficios, se han tapiado las puertas y ventanas de este lado.

Esta mole no mide menos de 540 palmos de longitud por 375 de anchura. Entre el altar mayor y el coro se observa un sarcófago de mármol muy sencillo que se abre para enseñar a los extranjeros la momia de Jaime II, hijo del Conquistador, príncipe devoto, tan débil y tan dulce como emprendedor y belicoso fue su padre.

Los mallorquines pretenden que su catedral es muy superior a la de Barcelona y de igual modo que su Lonja es según dicen ellos, infinitamente más bella que la de Valencia. Yo no he comprobado este último extremo; en cuanto al primero, es insostenible. En una y otra catedral se observa el singular trofeo que adorna la mayor parte de las metrópolis de España: la asquerosa cabeza de moro, de madera pintada, provista de un turbante, que remata la parte inferior del voladizo del órgano. Esta representación de una cabeza cortada, a veces con luenga barba blanca, está pintada de rojo por debajo para figurar la sangre impura del vencido.

Sobre las claves de bóvedas de las naves hay numerosos escudos de armas. Colorar su blasón en la casa de Dios era un privilegio que los caballeros mallorquines pagaban muy caro, y gracias a este tributo impuesto a la vanidad ha podido terminarse la catedral en un siglo en que se había enfriado la devoción. Seria preciso ser muy injustos para atribuir sólo a los mallorquines una debilidad que fue común a los nobles devotos del mundo entero en aquella época.

La Lonja es el monumento que me ha gustado más por sus proporciones elegantes y un carácter de originalidad, que no excluyen ni una regularidad perfecta ni una sencillez llena de gusto.

Esta Bolsa fue empezada y terminada en la primera mitad del siglo XV. El ilustre Jovellanos la ha descrito con detención y el *Magasin Pittoresque* la ha popularizado por medio de un dibujo muy interesante publicado hace ya muchos años. El interior es una vasta sala, cuya bóveda sostienen seis pilares acanalados en espiral, de una delicadeza elegante.

Destinada en otros tiempos a las reuniones de los mercaderes y de los numerosos navegantes que afluían al puerto de Palma, la Lonja atestigua el pasado esplendor del comercio mallorquín; hoy no sirve más que para celebrar fiestas públicas.

Debía de ser cosa interesante ver a los mallorquines vestidos con los ricos trajes de sus antepasados, recrearse gravemente en este antiguo salón de baile; pero la lluvia nos tenía entonces cautivos en la montaña y no nos fue posible ver ese carnaval, no tan renombrado, aunque quizás menos triste que el de Venecia. En cuanto a la Lonja, por muy bella que me haya parecido, no perjudica en mis recuerdos a la admirable joya que llaman la *Cadora,* antiguo palacio de la moneda, situado sobre el gran canal.

El Palacio Real de Palma, que según opina Mr. Grasset de Saint Sauveur, es romano o morisco (lo que ha inspirado a dicho aul0r emociones muy del gusto del imperio), fue edificado, según se dice, en 1309. M. Laurens se muestra dudoso al examinar las pequeñas ventanas ajimezadas y las columnas enigmáticas que ha estudiado en este monumento.

¿Será, pues, muy aventurado atribuir las anomalías de gusto que se observan en tantas construcciones mallorquinas a la intercalación de antiguos fragmentos en las construcciones subsiguientes? Así como en Francia y en Italia el gusto del renacimiento introdujo medallones y bajo-relieves verdaderamente griegos y romanos en los adornos de escultura, ¿no es probable que los cristianos de Mallorca, después de haber derribado todas las obras de los árabes utilizasen los hermosos restos ornamentales, incrustándolos en sus construcciones posteriores?

Sea lo que fuere, el Palacio Real de Palma tiene un aspecto muy pintoresco. Nada más irregular, ni más incómodo, ni más salvajemente medieval que esta morada palatina; pero nada tampoco más arrogante, más característico y más hidalgo que esta mansión compuesta de galerías, torres, terrazas, arcos apoyados los unos sobre los otros hasta una altura considerable y terminados por un ángel gótico que, desde el seno de las nubes contempla a España por encima del mar.

Este palacio que contiene varios archivos, es la residencia del Capitán general, el personaje más importante de la isla.

He aquí como M. Grasset de Saint Sauveur describe el interior de esta residencia:

«La primera pieza es una especie de vestíbulo que sirve de cuerpo de guardia. Se pasa a la derecha, a dos grandes salas donde apenas se encuentra un asiento. La tercera es la sala de audiencia, decorada con un trono de terciopelo carmesí, adornado con franjas de oro, colocado sobre un estrado de tres peldaños cubiertos con un tapiz. A los dos lados hay dos leones de madera dorada. El dosel que cubre el trono es igualmente de terciopelo carmesí, coronado por penachos de plumas de avestruz. Encima del trono se hallan suspendidos los retratos del rey y de la reina. En esta sala es donde el general recibe, los días de gala, a los diferentes cuerpos de la administración civil, los oficiales de la guarnición y los extranjeros de consideración». El capitán general, que ejerce las funciones de gobernador para quien llevábamos cartas de recomendación, nos hizo el honor de recibir en esta sala a aquel de entre nosotros que se encargó de presentárselas, el cual halló a este alto funcionario junto al trono, el mismo seguramente que describía Grasset de Saint Sauveur de 1807, pues estaba usado, deslucido, raspado y algo manchado de aceite y sebo. Los dos leones habían ya casi perdido el dorado, pero conservaban un gesto muy feroz. No se había cambiado más que la efigie real, que era en esa época la inocente Isabel, monstruosa muestra de taberna que ocupaba el antiguo marco dorado donde sus augustos mayores se habían sucedido como los modelos en el caballete de un alumno de pintura. El gobernador a pesar de estar alojado como el duque de Ireneus, de Hoffmann, no dejaba de ser una persona muy estimada y un príncipe muy afable.

Otro monumento notable es el palacio del Ayuntamiento, obra del siglo XVI, cuyo estilo se compara con el de los palacios florentinos y con el de los chalets suizos; pero éste tiene de particular que está artesonado con rosetones de madera ricamente esculpidos, alternados con grandes cariátides tendidas bajo este voladizo; que aparentan soportar la carga gimiendo, pues la mayor parte de ellas tienen la cara oculta entre las manos.

No he visto el interior de este edificio, en el que se encuentra la colección de retratos de los grandes hombres de Mallorca. Entre estos ilustres personajes se ve al famoso D. Jaime I, con los rasgos de un rey de baraja. Vése igualmente un cuadro muy antiguo que representa los funerales de Raimundo Lulio, mallorquín, que ofrece una serie muy interesante y variada de trajes antiguos que viste el numeroso cortejo del doctor iluminado. Y, en fin, existe también en este palacio un magnífico *San Sebastián* de Van Dyck, del que nadie, en Mallorca, me había hablado.

«Palma posee una escuela de dibujo, dice M. Laurens, que ha formado ya en nuestro siglo décimo-nono solamente, treinta y seis pintores, ocho escultores, once arquitectos y seis grabadores, todos maestros famosos, si se ha de creer el Diccionario de los artistas célebres de Mallorca, que acaba de publicar el sabio Antonio Furió. Declaro ingenuamente que durante mi permanencia en Palma no me he creído rodeado de tantos grandes hombres, y que nada he visto que me hiciera adivinar su existencia...

«Algunas familias ricas conservan muchos cuadros de la escuela española... Pero si recorréis los almacenes, si entráis en la casa del simple ciudadano, no encontrareis más que estas imágenes de colorines expuestas por los buhoneros en nuestras plazas públicas y que no encuentran colocación en Francia sino bajo el humilde techo del pobre campesino».

El Palacio de que Palma se vanagloria más es el del conde de Montenegro, viejo octogenario, en otro tiempo capitán general, uno de los personajes más ilustres por el nacimiento y más importantes por su riqueza. Este señor posee una biblioteca que se nos permitió visitar, pero de la que no abrí un solo volumen y de la que nada absolutamente podría decir (de tal modo mi respeto por los libros se parece al espanto), si un sabio compatriota no me hubiese hecho notar la importancia de los tesoros ante los cuales había pasado yo indiferente como el gallo de la fábula por en medio de las perlas.

Este compatriota, que ha permanecido más de dos años en Cataluña y en Mallorca para hacer estudios sobre la lengua románica, me ha comunicado galantemente sus notas y me ha autorizado con una generosidad muy rara entre los eruditos para extractarlas a discreción. No lo haré sin prevenir a mi lector que a este viajero le han entusiasmado tanto todas las cosas de Mallorca como a mi me han contrariado.

Podría decir, para explicar esta divergencia de impresiones, que en la época de mi permanencia se había estrechado la población mallorquína para dar cabida a 20.000 españoles que la guerra había arrojado a su suelo por cuya razón nada de particular tiene que yo encontrara a Palma, sin error y sin prevención, menos habitable y a los mallorquines menos dispuestos que dos años antes a continuar acogiendo extranjeros. Pero prefiero incurrir en la censura de un benévolo impugnador a escribir bajo otra impresión que la mía propia.

Me complacería mucho, por otra parte, ser rebatido y censurado públicamente como lo he sido en particular, pues el público ganará con ello un libro mucho más exacto y mucho más interesante sobre Mallorca que la desaliñada y tal vez injusta relación que yo le doy.

Publique, pues, su viaje M. Tastu; leeré con gran regocijo, lo juro, todo lo que pueda hacerme cambiar de opinión sobre los mallorquines; he conocido a algunos a quienes quisiera poder considerar como representantes del tipo general, y que, como espero, no dudarán de mis sentimientos respecto a ellos, si este escrito cae alguna vez en sus manos. Hallo en las notas de M. Tastu sobre las riquezas intelectuales que posee todavía Mallorca, la descripción de la biblioteca del conde de Montenegro, que he recorrido con poca reverencia, seguido del capellán de la casa, en mi visita al palacio de ese viejo caballero mallorquín, celibatario, interior triste y grave, si los hay, silenciosamente regido por un sacerdote.

«Esta biblioteca, dice M. Tastu, la formó el tío del conde de Montenegro, el cardenal Antonio Despuig, amigo intimo de Pío VI. El sabio cardenal había reunido todo lo que España, Italia y Francia tenían de más notable en bibliografía. La parte que trata de numismática y de las artes de la antigüedad es, sobre todo, muy completa.

«Entre el corto número de manuscritos que en ella se encuentran hay uno muy curioso para los amantes de la caligrafía; es un libro de horas. Las miniaturas son preciosas; es obra de los mejores tiempos del arte.

«El aficionado al blasón encontrará allí también un libro de heráldica donde se hallan dibujados con sus colores los escudos de armas de la nobleza española, comprendiendo los de las familias aragonesas, mallorquinas, rosellonesas y languedocianas. El manuscrito, que parece del siglo XVI, ha pertenecido a la familia Dameto, entroncada con los Despuig y con los Montenegro. Hojeándolo hemos encontrado el escudo de la familia Bonaparte, de la que desciende nuestro gran Napoleón, y del cual hemos sacado el facsímil que se verá después...

«Se encuentra además en esta biblioteca la hermosa carta náutica del mallorquín Valseca, manuscrito de 1439, obra maestra de caligrafía y dibujo topográfico, sobre la cual el miniaturista ha prodigado su precioso trabajo. Esta carta náutica había pertenecido a Américo Vespuccio, que la había pagado muy cara, como lo atestigua una inscripción de la época, colocada en su respaldo: «*Questa ampla pelle di geographia fú pagata da Américo Vespucci CXXX ducati di oro di marco.*»

«Este precioso monumento de la geografía de la edad media será próximamente publicado como continuación al Atlas catalano-mallorquín de 1375, inserto en el volumen XIV, segunda parte, de las «Noticias de manuscritos de la Academia de Inscripciones y Bellas Letras».

Al transcribir esta nota, los cabellos se me erizan, pues vuelve a mi memoria una escena horrible. Nos hallábamos en la biblioteca de Montenegro, y el capellán desarrollaba ante nuestros ojos la famosa carta náutica, precioso y raro monumento comprado por Américo Vespuccio en 130 ducados de oro, y Dios sabrá en cuánto por el anticuario Cardenal Despuig, cuando a uno de los cuarenta o cincuenta criados de la casa se le ocurrió colocar un tintero de corcho sobre una de las esquinas del pergamino para que se mantuviera abierto sobre la mesa. El tintero estaba lleno, pero lleno hasta los bordes! El pergamino que tenía el hábito de estar arrollado, impelido tal vez en este instante por algún espíritu maligno, hizo un esfuerzo, dejó oír un crujido, dio un salto, y revolvió sobre si mismo arrastrando el tintero, el cual desapareció dentro del rollo que saltaba vencedor de todo obstáculo. Hubo un grito general; el capellán se puso más pálido que el pergamino.

Se desarrolló la carta lentamente, acariciando todavía una vana esperanza. ¡Ay! ¡El tintero estaba vacío! La carta quedó inundada, y los pequeños y lindos soberanos en miniatura nadaban materialmente en un mar más negro que el Ponto Euxino.

Entonces todos perdieron la cabeza. Creo que el capellán se desmayó. Los criados acudieron con cántaros de agua, como si se tratase de un incendio, y, con esponjas y escobas, se pusieron a limpiar la carta, llevándose de un golpe reyes, mares, islas y continentes en confusa mezcolanza.

Antes que hubiéramos podido oponernos a ese celo fatal, la carta quedó en parte estropeada: pero el mal no es irremediable. M. Tastu había tomado el calco exacto de ella y gracias a esto se podrá reparar, en parte, el daño.

Pero ¿cual debió ser la consternación del limosnero cuando su señor se enteró del percance? Nosotros estábamos todos a seis pasos de la mesa en el momento de la catástrofe; pero estoy bien seguro de que recaería sobre nosotros toda la culpa, y de que este hecho, imputado a los franceses, no habrá contribuido a ponerlos en buen lugar en Mallorca. Este trágico acontecimiento nos impidió admirar y aún ver las maravillas que contiene el palacio de Montenegro, ni el gabinete de las medallas, ni los bronces antiguos, ni los cuadros. Nos apresuramos a huir antes que el amo regresase, y, convencidos de que se nos culparía, no nos atrevimos a volver. La nota de M. Tastu suplirá, todavía esta vez, mi ignorancia.

«Contiguo a la biblioteca del cardenal hay un gabinete de medallas celtiberas, moriscas, griegas, romanas y de la edad media; inapreciable colección, hoy en un desorden que aflige y en espera de un erudito que las arregle y clasifique.»

«Las habitaciones del Conde de Montenegro están decoradas con objetos de arte de mármol y de bronce antiguo procedentes de las excavaciones de Ariccia, o compradas en Roma por el cardenal. Vénse allí también muchos cuadros de las escuelas españolas e italiana, de los cuales muchos podrían figurar con brillo en las más ricas galerías de Europa.»

Es preciso que hable algo del castillo de Bellver o Belver, la antigua residencia de los reyes de Mallorca, aunque no lo he visto más que de lejos, sobre la colina desde donde domina el mar con mucha majestad. Es una fortaleza muy antigua y una de las más duras prisiones de estado de España.

«Las murallas existentes hoy, dice M. Laureas, fueron construidas a fines del siglo XIII, y por su buen estado de conservación permiten contemplar uno de los más curiosos monumentos de la arquitectura militar de la edad media.»

Cuando lo visitó nuestro viajero encontró allí unos cincuenta prisioneros carlistas, cubiertos de andrajos y casi desnudos, algunos todavía niños, que comían con una alegría ruidosa el rancho, una caldera de macarrones gruesos cocidos con agua. Estaban custodiados por soldados que hacían calceta, con el cigarro en la boca.

En esta época mandaban al castillo de Bellver los presos sobrantes de las prisiones de Barcelona. Pero cautivos más ilustres han visto cerrarse tras ellos estas puertas formidables. Don Gaspar de Jovellanos, uno de los oradores más elocuentes y de los más enérgicos escritores de España expió allí su célebre folleto *Pan y Toros*, en la torre de homenaje, cuya cava, dice Vargas, es la más cruda prisión. Ocupó sus tristes ocios describiendo científicamente su prisión y trazando la historia de los acontecimientos trágicos de que había sido teatro en tiempo de las guerras de la edad media.

Los mallorquines deben también a su permanencia en la isla una excelente descripción de su Catedral y su Lonja.

En una palabra, sus escritos sobre Mallorca son los mejores documentos que puedan ser consultados.

El mismo calabozo que había ocupado Jovellanos durante el reinado parásito del príncipe de la Paz, recibió poco después otro ilustre personaje en la ciencia y en la política. Esta anécdota poca conocida de la vida de un hombre tan justamente célebre en Francia como lo es Jovellanos en España, interesará tanto más, cuanto es uno de los capítulos novelescos de una vida que el amor a la ciencia arrojó a mil aventuras peligrosas y conmovedoras.

X

Encargado por Napoleón de la medición del arco de meridiano, se hallaba M. Arago en 1808 en Mallorca, sobre el monte llamado Coll de Galatzó, cuando se recibió la noticia de los acontecimientos de Madrid y del secuestro de Fernando.

La exasperación de los habitantes de Mallorca fue tal entonces, que quisieron apoderarse del sabio francés y se dirigieron en tropel al Clot de Galatzó para matarle. Este monte se levanta sobre la costa donde desembarcó Jaime I, cuando conquistó la isla a los moros; y como M. Arago encendía con frecuencia fogatas para sus observaciones, los mallorquines se imaginaron que hacía señales a una escuadra francesa la cual traía un ejército de desembarco.

Uno de estos isleños, llamado Damián, maestro carpintero en el bricbarca destinado por el gobierno español a las operaciones de la medida del meridiano, resolvió advertir a M. Arago del peligro que corría. Se adelantó a sus compatriotas, y le llevó, con gran prisa, vestidos de marinero para disfrazarle.

M. Arago, abandonó en seguida su montaña y se trasladó a Palma. En el camino encontró a los que iban en su busca para hacerle pedazos y le pidieron noticias sobre el maldito gabacho del que querían deshacerse. Como hablaba muy bien la lengua del pais, M. Arago respondió a todas sus preguntas y no fue reconocido.

A su llegada a Palma, se trasladó a su brick pero el capitán D. Manuel de Vacaro, que hasta entonces había obedecido sus órdenes, rehusó formalmente conducirle a Barcelona y le ofreció a bordo por todo refugio una caja, en la cual después de haberla probado, no cabía M. Arago.

Al día siguiente, habiéndose formado un grupo amenazador en la orilla del mar, el capitán Vacaro advirtió a M. Arago que ya no podía, desde aquel momento, responder de su vida, añadiendo, según el parecer del capitán general, que no había para él otro remedio de salvación que constituirse prisionero en el fuerte de Bellver. Se le proporcionó al efecto una chalupa en la que atravesó la rada. El pueblo lo advirtió, lanzándose en su persecución, e iba a alcanzarle en el momento en que la puertas de la fortaleza se cerraban tras él.

M. Arago permaneció dos meses en esta prisión, y el capitán general le mandó a decir al fin que cerraría los ojos si quería evadirse. Escapóse pues, gracias a los auxilios que le prestó el Sr. Rodríguez, su asociado español en la medición del meridiano.

El mismo Damián, que le había salvado la vida en el Clot de Galatzó, le condujo a Argel en un buque de pesca, no queriendo a ningún precio desembarcar en Francia o en España.

Durante su cautiverio M. Arago supo, por los soldados suizos que le custodiaban, que los frailes de la isla les habían ofrecido dinero si le querían envenenar.

En África, nuestro sabio tuvo muchos otros reveses, a los cuales escapó de una manera todavía más milagrosa; pero esto se saldría de nuestro asunto, y esperamos que él mismo escribirá un día esta interesante relación.

Al primer golpe de vista, la capital mallorquína no revela todo el carácter que tiene. Recorriendo su interior, penetrando al anochecer en sus calles profundas y misteriosas, queda uno admirado del estilo elegante y de la disposición original de sus más insignificantes construcciones. Pero sobre todo, cuando se entra por la parte norte, al llegar a ella del interior de la isla, es cuando se presenta con toda su fisonomía africana.

Mr. Laurens ha sentido esta belleza pintoresca, que no hubiera sorprendido a un simple arqueólogo, y ha reconstruido uno de los aspectos que me habían afectado más por su grandeza y su melancolía; me refiero a la parte de muralla sobre la que se eleva, no lejos de la iglesia de San Agustín, un enorme macizo cuadrado sin más abertura que una pequeña puerta cimbrada.

Un grupo de hermosas palmeras corona esta fábrica, último vestigio de una fortaleza de los templarios, primer término admirable de tristeza y desnudez en el cuadro magnifico que se desarrolla bajo la muralla, la llanura risueña y fértil terminada a lo lejos por las montañas azules de Valldemosa. Al caer de la tarde el color de este paisaje varía de hora en hora, armonizándose siempre más y más; lo hemos visto al ponerse el sol de un rosado brillante; después de un violeta espléndido, luego de un lila argentado, y, en fin, de un azul puro y transparente al anochecer.

M. Laurens ha dibujado muchas otras vistas tomadas desde las murallas de Palma.

«Todas las tardes, dice, a la hora en que el sol colorea con viveza los objetos, paseaba lentamente por la muralla, deteniéndome a cada paso para contemplar los hermosos accidentes que surgían de la armonía de las líneas variadas de las montañas o del mar con las techumbres de los edificios de la ciudad.

«Aquí el talud interior de la muralla está guarnecido de un espantoso seto de pitas del que surgían a centenares esos altos tallos cuya inflorescencia semeja un candelabro monumental. Más allá grupos de palmeras se elevan en los jardines en medio de las higueras, de los nopales, de los naranjos y de los ricinos arborescentes; más lejos, aparecían azoteas y terrazas sombreadas por parrales; en fin, las agujas de la catedral, los campanarios y las cúpulas de las numerosas iglesias destacaban su silueta sobre el fondo puro luminoso del cielo. »

Otro paseo que ha despertado en mí iguales simpatías que en M. Laurens, es el de las ruinas del convento de Santo Domingo.

Al extremo de un cenador sombreado por añejas vides sostenidas por pilares de mármol, se ven cuatro grandes palmeras que parecen gigantescas por la altura misma de la terraza en donde están situadas, y que compiten en altura con los monumentos de la ciudad. A través de sus ramas se percibe la cima de la fachada de San Esteban , la torre maciza del célebre reloj balear y la torre del Angel del Palacio Real.

Ese convento de la Inquisición , que no ofrece hoy más que un montón de ruinas en cuyos escombros crecen algunos arbustos y plantas aromáticas, no ha caído bajo la acción del tiempo. Una mano más pronta e inexorable, la de las revoluciones, lo ha derribado y casi pulverizado, hace pocos años, a pesar de haber sido, según se dice, una obra maestra, cuyos vestigios, los fragmentos de rico mosaico, algunos arcos ligeros todavía en pie, levantándose en el vacío como esqueletos, atestiguan al menos su magnificencia.

La destrucción de estos santuarios del arte católico en toda España es motivo de indignación para la aristocracia palmesana y fuente de pesares bien legítimos para los artistas. Hace diez años, tal vez a mi mismo me hubiera impresionado más el vandalismo de esta destrucción que la página histórica que encierra.

Pero aunque se pueda deplorar con razón, como lo hace M. Marliani en su *Historia política de la España moderna*, el lado débil y violento a la vez de las medidas que ese decreto debía entrañar, confieso que en medio de aquellas ruinas sentía una emoción que no era la tristeza que las ruinas inspiran ordinariamente. El rayo había caído allí, y el rayo es un instrumento ciego, una fuerza brutal como la cólera del hombre; pero la ley providencial que gobierna los elementos y preside a sus aparentes desórdenes sabe bien que los principios de una nueva vida están ocultos en la ceniza de las ruinas. Hubo en la atmósfera política de España, el día en que los conventos cayeron, algo análogo a esa necesidad de renovación que la naturaleza experimenta en sus convulsiones fecundas.

No creo lo que se me ha dicho en Palma, de que algunos descontentos, ávidos de venganza y de despojos, habían consumado este acto de violencia a la faz de la población consternada. Son necesarios muchos descontentos para reducir de este modo a polvo una enorme masa de edificios, y es preciso que haya muy pocas simpatías en una población para que vea cumplir de tal manera un decreto contra el cual protestaría con todo su corazón.

Mas bien creo que la primera piedra arrancada de lo alto de estas cúpulas arrancó también del alma del pueblo un sentimiento tradicional de temor y de respeto que no estaba más firme en ella que el campanario del convento sobre su base; y que todos, sintiendo remover sus entrañas por un impulso misterioso y repentino, se lanzaron sobre el cadáver con una mezcla de valor y de espanto, de furor y de remordimientos. El monaquismo protegía muchos abusos y acariciaba muchos egoísmos; la devoción es muy poderosa en España, y, sin duda, más de un demoledor se arrepintió y se confesó al día siguiente con el religioso a quien acababa de arrojar de su asilo. Pero en el corazón del hombre más ignorante y más ciego hay algo que le hace estremecer de entusiasmo cuando el destino le confiere una misión soberana.

El pueblo español había levantado con sus dineros y con sus sudores los insolentes palacios del clero regular, a cuyas puertas venía a recibir hacía siglos el óbolo de la mendicidad holgazana, y el pan de la esclavitud intelectual. Había participado de sus crímenes, empapándose de sus cobardías; había encendido las hogueras de la Inquisición y había sido cómplice y delator en las persecuciones atroces dirigidas contra razas enteras que se había querido extirpar de su seno. Y cuando hubo consumado la ruina de esos judíos que le habían enriquecido, cuando hubo desterrado esos moros a quienes debía su civilización y su grandeza, recibió por castigo celestial la miseria y la ignorancia. Tuvo la perseverancia y la piedad de no emprenderla contra aquel clero, hechura suya, su corruptor y su azote. Sufrió largo tiempo, encorvado bajo el yugo que fabricó con sus propias manos. Y después, un día, voces extrañas y audaces vertieron en sus oídos y en su conciencia palabras de independencia y de libertad. Comprendió el error de sus antepasados, se avergonzó de su bajeza, se indignó de su miseria y a pesar de la idolatría que aun conservaba por las imágenes y las reliquias, rompió estos simulacros y creyó más enérgicamente en su derecho que en su culto.

¿Cuál es pues esta potencia secreta que transformó de un golpe al devoto prosternado hasta el punto de que dirigiera su fanatismo de un día contra los objetos mismos que fueron la adoración de toda su vida? No es seguramente el descontento de los hombres ni el hastío de las cosas. Es el descontento de sí mismo, es el hastío de su propia timidez.

Y el pueblo español fue más grande ese día que lo que pueda pensarse. Realizó un hecho decisivo y destruyó cuantos medios podían conducirle al arrepentimiento, como un niño que quiere ser hombre y rompe sus juguetes para no caer ya más en la tentación de jugar con ellos otra vez.

Respecto a D. Juan Mendizábal (vale la pena de citar su nombre a propósito de tales acontecimientos), si lo que he oído sobre su existencia política es cierto, seria más bien un hombre de principios que un hombre de acción, y, según mi parecer este es el más bello elogio que pueda hacerse de su personalidad.

En cuanto a que este hombre público esperara demasiado de la situación intelectual de España en ciertos días y dudara demasiado en otros, de que tomara muchas veces medidas intempestivas o incompletas, y sembrara su idea en campos estériles donde la semilla había de ser ahogada o devorada, todo eso constituiría tal vez una razón poderosa para negarle la habilidad de ejecución y la entereza de carácter, necesarias para que sus empresas tuvieran éxito; pero no es razón para que la historia, considerada desde un punto de vista más filosófico que lo que se hace ordinariamente, no le juzgue un día como uno de los espíritus más generosos y más ardientemente progresivos de España.

Estas reflexiones vinieron a mi memoria con frecuencia entre las ruinas de los conventos de Mallorca, mientras oía maldecir su nombre, y acaso no estaba exento de peligro pronunciarlo con elogio y simpatía. Me decía entonces que fuera de las cuestiones políticas del momento, respecto a las cuales me será permitido decir que no son de mi gusto ni las entiendo, podía juzgar de un modo sintético los hombres y hasta los mismos hechos sin temor a engañarme.

No es tan necesario como se cree y como se dice, conocer directamente una nación, haber estudiado a fondo las costumbres y la vida material, para formarse una idea cabal de su historia y concebir un sentimiento verídico de su porvenir, de su vida moral, en una palabra. Me parece que hay en la historia general de la vida humana una gran línea que seguir que es la misma para todos los pueblos y a la que se unen todos los hilos de su historia particular. Esta línea es el sentimiento y la acción perpetua del ideal, o, si se quiere, de la perfectibilidad, que los hombres han llevado en sí mismos, ya sea como instinto ciego, ya como teoría luminosa. Los hombres verdaderamente eminentes la han sentido todos y practicado a su manera, y los más osados, los que han tenido la más lúcida revelación de ella y los que han luchado más en lo presente para apresurar el desenvolvimiento del porvenir, son los que han tenido que sufrir mayores censuras de sus contemporáneos. Se les ha afrentado y condenado sin conocerlos, y sólo cuando se ha recogido el fruto de su trabajo se les ha vuelto a colocar sobre el pedestal, de donde les habían hecho descender algunas decepciones pasajeras, algunos reveses no comprendidos.

¡Cuántos hombres famosos en nuestra revolución han sido tardía y tímidamente rehabilitados! ¡Y cuan mal comprendidas y desarrolladas han sido su misión y su obra! En España, Mendizábal ha sido uno de los ministros más severamente juzgados porque ha sido el más animoso, el único animoso tal vez; y el acto que señala con recuerdo imborrable su corto paso por el poder, la destrucción radical de los conventos, se le ha reprochado con tanta dureza que no puedo menos de ensalzar en estas páginas su audaz resolución y la embriaguez con que el pueblo español la adoptó y la puso en práctica.

Al menos, este es el sentimiento de que se llenó mi alma súbitamente a la vista de aquellas ruinas que el tiempo no ha ennegrecido todavía y que también parecen protestar contra el pasado y proclamar el despertamiento de la verdad en el pueblo. No creo haber perdido el gusto y el respeto por las artes, no siento en mi instintos de venganza y de barbarie; en fin, no soy de los que dicen que el culto de lo bello es inútil y que es preciso degradar los monumentos convirtiéndolos en fábricas; pero un convento de la Inquisición arrasado por el brazo popular es una página de la historia tan grande, tan instructiva, tan conmovedora como un acueducto romano o un anfiteatro. Una administración gubernamental que ordenase a sangre fria la destrucción de un templo, por alguna razón de utilidad mezquina o de economía ridicula, cometería un acto grosero y culpable; pero un jefe político que en un día decisivo y peligroso sacrifica el arte y la ciencia a bienes más preciosos, la razón, la justicia, la libertad religiosa, y un pueblo que, a pesar de sus instintos piadosos, su amor por la pompa católica y su respeto a sus frailes, tiene bastante corazón y brazo para ejecutar ese decreto en un abrir y cerrar de ojos, hacen como la tripulación de un buque combatida por la tempestad que para salvarse arroja sus riquezas al mar.

¡Llore, pues, quien quiera sobre las ruinas! Casi todos esos monumentos, cuya caída deploramos, son calabozos donde ha languidecido durante siglos el alma o el cuerpo de la humanidad. ¡Y vengan, pues, poetas, que, en vez de deplorar la desaparición de los días de la infancia del mundo, celebren en sus versos, sobre estos despojos de juguetes dorados y férulas ensangrentadas, la edad viril que ha sabido emanciparse de ellos! Unos hermosos versos de Chamisso sobre el castillo de sus mayores arrasado por la revolución francesa, terminan con un pensamiento tan nuevo en poesía como en política.

«¡Bendita seas tu, vieja mansión, sobre la que pasa ahora la reja del arado! y bendito sea aquel que hace pasar el arado sobre ti! »

Después de haber evocado el recuerdo de esta bella poesía ¿me atreveré a transcribir algunas páginas que me inspiró el convento de los dominicos? ¿Por qué no, puesto que de todas maneras el lector debe ser indulgente cuando se trata de juzgar un pensamiento que el autor le somete inmolando su amor propio y sus antiguas tendencias? ¡Pueda este fragmento, sea como sea, arrojar un poco de variedad sobre la árida nomenclatura de edificios que acabo de hacer!

XI

Entre los escombros de un convento arruinado, dos hombres se encontraron a la claridad serena de la luna. El uno parecía en la flor de la edad, el otro encorvado bajo el peso de los años, y sin embargo éste era el más joven. Los dos temblaron, al encontrarse frente a frente, pues la noche era avanzada, la calle estaba desierta y la hora sonaba lúgubre y lenta en el campanario de la Catedral.

El que parecía viejo tomó la palabra:

–Quien quiera que seas, dijo, hombre, no temas nada de mi; soy débil y estoy quebrantado; no esperes nada de mí tampoco, pues soy pobre y estoy desnudo sobre la tierra.

–Amigo, respondió el joven, yo no ataco más que a los que me atacan, y, como tú, soy demasiado pobre para temer a los ladrones.

–Hermano, repuso el hombre de las facciones marchitas, ¿por qué, pues, te has conmovido al acercarme?

–Porque soy un poco supersticioso como todos los artistas y te he tomado por el espectro de uno de esos frailes que ya no existen y cuyas tumbas rotas pisamos. Y tú, amigo, ¿por qué te has estremecido también al acercarme?

–Porque soy muy supersticioso, como todos los frailes, y te he tomado por un espectro de uno de esos hermanos que me encerraron en vida en las tumbas que tú pisas.

–¿Qué dices? Eres tú, pues, uno de esos hombres que con tanta avidez y en vano he buscado por todo el suelo de España?

–No nos encontrarás ya en parte alguna a la luz del sol; pero, en las sombras de la noche, podrás encontrarnos todavía. Ahora, tu esperanza está cumplida; ¿qué quierer hacer a este fraile?

–Mirarle, interrogarle, padre mío, grabar sus facciones en mi memoria para reproducirlas después en el lienzo; recoger sus palabras, a fin de repetirlas a mis compatriotas, conocerle, en fin para penetrarme de lo que hay de misterioso, poético y grande en la persona del fraile y en la vida del claustro.

–¿Cómo ha brotado en tí, ¡oh viajero! la extraña idea que te has formado de esas cosas? ¿No eres tú de un país donde ha muerto ya la dominación de los papas, donde están los frailes proscritos, los claustros suprimidos?

–Existen todavía entre nosotros almas religiosas amantes del pasado e imaginaciones ardientes enamoradas de la poesía de la edad medía. Todo lo que puede traernos un débil perfume del pasado lo buscamos, lo veneramos, lo adoramos casi. ¡Ah! no creas, padre mío, que seamos todos unos profanadores ciegos. Nosotros los artistas odiamos a ese pueblo brutal que mancha y rompe todo lo que toca. Muy lejos de ratificar sus decretos de matanza y destrucción nos esforzamos en nuestros cuadros, en nuestras poesías, sobre nuestros teatros, en todas nuestras obras en fin, en devolver la vida a las viejas tradiciones y en reanimar el espíritu de misticismo que engendró el arte cristiano, ese niño sublime.

–¿Qué es lo que dices, hijo mío, es posible que los artistas de tu país libre y floreciente se inspiren en edades distintas de la presente? ¡Tienen tantas cosas nuevas que cantar, que pintar, que ilustrar! ¿y revivirían, como tú dices, encorvados sobre la tierra donde duermen sus abuelos?

–¿Buscarían en el polvo de las tumbas una inspiración risueña y fecunda cuando Dios, en su bondad, les ha dado una vida tan dulce y tan bella?

–Ignoro, buen religioso, en qué nuestra vida pueda ser tal como te la representas. Nosotros los artistas no nos ocupamos de los hechos políticos, y las cuestiones sociales nos interesan aún menos. Buscaríamos en vano la poesía en lo que acontece a nuestro alrededor. Las artes languidecen, la inspiración se ahoga, el mal gusto triunfa, la vida material absorbe a los hombres y si nosotros no tuviéramos el culto del pasado y los monumentos de los siglos de fé para fortalecernos perderíamos por entero el fuego sagrado que con tanto trabajo guardamos.

–Me habían dicho, sin embargo, que jamás el genio humano había llevado tan lejos como a vuestras comarcas la ciencia de la felicidad, las maravillas de la industria, los beneficios de la libertad, ¿Me habían engañado, pues?

—Si te han dicho, padre mío, que en tiempo alguno se había obtenido de las riquezas materiales tanto lujo, tanto bienestar, y sacado de la ruina de la antigua sociedad tan espantosa diversidad de gustos, opiniones y creencias, te han dicho la verdad. Pero, si no te han dicho que todas estas cosas en lugar de hacernos felices nos han envilecido y degradado, no te han dicho toda la verdad.

—¿De dónde puede nacer, pues, un resultado tan extraño? Todas las fuentes de la felicidad se han envenenado en vuestros labios; y lo que hace al hombre grande, justo y bueno, el bienestar y la libertad, ¿os ha hecho pequeños y miserables? Explícame este prodigio.

—Padre mío, ¿soy yo quien debe recordarte que el hombre que hemos adquirido por otro lado no ha podido aprovechar a nuestras almas.

—Explícame también, hijo mío, cómo habéis perdido la fe, puesto que habiendo cesado entre vosotros las persecuciones religiosas habéis podido ensanchar vuestras almas y levantar vuestros ojos hacia la luz divina. Este era el momento de creer, puesto que era el momento de saber. ¿Y en este momento habéis dudado? ¿Qué nube ha pasado, pues, sobre vuestras cabezas?

—La nube de la debilidad y de las miserias humanas. ¿No es incompatible el examen con la fe, padre mío?

—Es como si tú preguntases, ¡oh joven!, si la fe es compatible con la verdad. ¿No crees en nada, pues, hijo mío? ¿O bien crees en la mentira?

—¡Ay de mí!; yo no creo más que en el arte. ¿No es esto bastante para dar al alma una fuerza, una confianza y goces sublimes?

—Lo ignoraba, hijo mío, y no lo comprendo. ¿Hay pues todavía entre vosotros algunos hombres felices? Y tú mismo, ¿te has preservado del abatimiento y del dolor?

—No, padre mió; los artistas son los más infelices, los más indignados, los más torturados entre los hombres, porque ven cada dia degradarse más el objeto de su culto, y sus esfuerzos son impotentes para levantarlo.

—¿De dónde viene que hombres tan perspicaces dejen perecer las artes, en vez de hacerlas revivir?

—Es que no tienen ya fe, y sin fe no hay arte posible.

–¿No acabas de decirme que el arte era para tí una religión? Tú te contradices hijo mió, o bien yo no sé comprenderte.

–¡Y cómo no estaremos en contradicción con nosotros mismos, oh padre mío, nosotros a quienes Dios ha confiado una misión que el mundo nos niega, nosotros a quienes el presente cierra las puertas de la gloria, de la inspiración, de la vida; nosotros que nos vemos obligados a vivir en el pasado e interrogar a los muertos sobre los secretos de la eterna belleza cuyo culto han perdido los hombres de hoy y cuyos altares han derribado? Ante las obras de los grandes maestros, y cuando la esperanza de igualarlos nos sonríe, nos sentimos llenos de fuerza y entusiasmo; pero cuando al realizar nuestros sueños ambiciosos el mundo incrédulo e indocto lanza sobre nosotros el frío del desdén y de la burla, no podemos producir nada que se acerque a nuestro ideal, y el pensamiento muere en nuestro seno antes de salir a luz.

El joven artista hablaba con amargura, la luna iluminaba su semblante triste y altanero y el fraile inmóvil le contemplaba con una sorpresa ingenua y bondadosa.

–Sentémonos aquí, dijo este último después de un momento de silencio parándose cerca de la balaustrada maciza de una terraza que dominaba la ciudad, la campiña y el mar.

Era en el ángulo del jardín de los dominicos en otro tiempo lleno de flores, de fuentes y de mármoles preciosos, hoy atestado de escombros e invadido por todas las largas yerbas que brotan con tanto vigor y rapidez sobre las ruinas.

El viajero en su agitación, magulló una con su mano y la arrojó lejos de si con un grito de dolor. El fraile sonrió.

–La picadura es viva, dijo, pero no es peligrosa. Hijo mío, la espina que tocas sin miramiento y que te hiere es el emblema de estos hombres groseros de que tú te quejabas hace un instante. Invaden los palacios y los conventos, suben sobre los altares y se instalan sobre los restos de los antiguos esplendores de este mundo. ¿Ves con qué savia y con qué fuerza estas yerbas locas han llenado los parterres donde nosotros cultivábamos con cuidado plantas delicadas y preciosas de las cuales ni una sola vez ha resistido al abandono? De igual manera los hombres sencillos y semi-salvajes, que eran echados fuera como yerbas inútiles, han reivindicado sus derechos y han ahogado esta planta venenosa que crecía en la sombra y que se llamaba la Inquisición.

–¿No podían ahogarla sin destruir con ella los santuarios del arte cristiano y las obras del genio?

–Era preciso arrancar la planta maldita, pues era vivaz y trepadora. Ha sido necesario destruir hasta en sus cimientos esos claustros donde su raíz estaba oculta.

–Entonces, padre mío, ¿en qué consiste la hermosura y la bondad de estas yerbas espinosas que crecen en su lugar?

El fraile meditó un instante y respondió:

–Como me decís que sois pintor, haréis sin duda un dibujo de estas ruinas.

–Ciertamente. ¿A dónde queréis ir a parar?

–¿Evitaréis dibujar esas grandes malezas que caen en festones sobre los escombros y se balancean al viento, o bien haréis con ellas un accesorio feliz de vuestra composición, como he visto en un cuadro de Salvador Rosa?

–Son las compañeras inseparables de las ruinas y ningún pintor deja de sacar partido de ellas.

–Tienen, pues, su belleza, su significación y por consiguiente su utilidad.

–Vuestra parábola no es muy justa, padre mío; sentad mendigos y bohemios sobre estas ruinas y serán más siniestras y desoladas. El aspecto del cuadro ganará; pero ¿la humanidad qué ganará con ello?

–Un hermoso cuadro, tal vez, y con seguridad una gran lección. Pero vosotros, los artistas que dais esta lección no comprendéis lo que estáis haciendo, y no veis aquí más que piedras que caen y yerba que brota.

–Sois severo; a vos que habláis así, se os podría responder que no veis en esta gran catástrofe más que vuestra prisión destruida y vuestra libertad recobrada; pues sospecho padre mío, que el convento no era de vuestro agrado.

–Y vos, hijo mío, ¿habríais llevado vuestro amor al arte y a la poesía hasta el punto de vivir aquí sin disgusto?

–Me imagino que ésta hubiera sido para mí la más hermosa vida del mundo. ¡Oh! este convento debía de ser vasto y de noble estilo. Estos vestigios, ¡cuánto esplendor y cuánta elegancia anuncian!. ¡Qué grato debía de ser venir aquí por la tarde a respirar una dulce brisa y soñar, al ruido del mar, cuando estas ligeras galerías estaban cubiertas de ricos mosaicos, cuando aguas cristalinas murmuraban sobre estanques de mármol y una lámpara de plata se escondía como una pálida estrella en el fondo del santuario!

De qué paz profunda, de qué majestuoso silencio debíais de gozar, cuando el respeto y la confianza de las gentes os rodeaban de una invencible muralla y cuando se santiguaban bajando la voz cada vez que pasaban ante vuestros misteriosos pórticos!. ¡Quién no querría poder abandonar todos los cuidados, todas las fatigas y todas las ambiciones de la vida social para venir a enterrarse aquí, en la calma y en el olvido del mundo entero, a consagrar diez años, veinte años tal vez, a un solo cuadro que se puliría lentamente como un diamante precioso, y verlo colocado sobre un altar, no para que lo juzgara y censurara el primer ignorante, sino para que lo saludaran e invocaran como una digna representación de la Dividad misma.

–Extranjero, dijo el fraile con tono severo, tus palabras rebosan orgullo, y tus sueños no son más que vanidad. En ese arte de que hablas con tanta énfasis y que tanto ensalzas, sólo te ves a ti mismo, y el aislamiento que desearías no seria a tus ojos más que un medio de engrandecerte y deificarte. Ahora comprendo como puedes creer en ese arte egoísta, sin creer en ninguna religión ni en ninguna sociedad. Pero tal vez no has meditado bien esas cosas antes de decirlas, tal vez ignoras lo que pasaba en estos antros de corrupción y de terror. Ven conmigo, y acaso lo que voy a decirte cambiará tus sentimientos y tus ideas.

A través de montes de escombros y de precipicios inciertos y movedizos, el fraile condujo, no sin peligro, al joven viajero al centro del monasterio destruido. Y allí, en el sitio que habían ocupado las prisiones, le hizo bajar con precaución a lo largo de las paredes de un macizo de 15 pies de espesor, que la azada y la piqueta habían hendido hasta sus cimientos. En el fondo de esta pavorosa cripta de piedra y de cemento, como fauces abiertas del seno de la tierra, se veían celdas sin aire ni luz, separadas unas de las otras por macizos tan gruesos como los que pesaban sobre sus lúgubres bóvedas.

–Joven, dijo el fraile, estos fosos que ves no son pozos, no son siquiera tumbas; son los calabozos de la Inquisición. Aquí es donde durante muchos siglos han perecido lentamente todos los hombres que, ya culpables, ya inocentes ante Dios, ya degradados por el vicio, ya extraviados por el furor, ya inspirados por el genio y la virtud, han osado pensar de distinta manera que la Inquisición.

Los padres dominicos eran sabios, literatos, y aún artistas. Tenían vastas bibliotecas, donde las sutilezas de la teología, encuadernadas en oro y en tafilete, ostentaban en anaqueles de ébano sus márgenes relucientes de perlas y rubíes; y sin embargo, al hombre, libro viviente donde con su propia mano ha escrito Dios su pensamiento, le bajaban vivo y le tenían oculto en las entrañas de la tierra. Tenían vasos de plata cincelados, cálices resplandecientes de pedrería, cuadros magníficos y vírgenes de oro y marfil; y sin embargo, al hombre, ese vaso de elección, ese cáliz lleno de la gracia celeste, esa imagen viviente de Dios, lo entregaban vivo al frío de la muerte y a los gusanos del sepulcro. El que cultivaba rosas y junquillos con el mismo cuidado y amor que se pone para educar a un niño, veía sin compasión a su semejante, a su hermano encanecer y pudrirse en la humedad de la tumba.

He aquí lo que es el fraile, hijo mío; he aquí lo que es el claustro, ferocidad brutal de un lado, del otro, cobarde terror; inteligencia egoísta o devoción sin entrañas, he aquí lo que es la Inquisición.

Y aunque al abrir a la luz de los cielos estos subterráneos infectos la mano de los libertadores haya encontrado algunas columnas que ha hecho vacilar y algunos dorados que ha deslucido ¿hemos de volver a colocar la losa del sepulcro sobre las víctimas expirantes y verter lágrimas por la suerte de sus verdugos, sólo porque ya no tienen oro ni esclavos?

El artista había bajado a una de esas fosas para examinar con curiosidad las paredes. Trató por un momento de representarse la lucha que la voluntad humana, enterrada en vida, tuvo que sostener contra la horrible desesperación de semejante cautiverio; pero apenas se hubo pintado esa escena ante su imaginación viva e impresionable, se llenó de angustia y de terror. Creyó sentir sobre su alma el peso de aquellas bóvedas heladas; sus miembros temblaron de horror, el aire faltó a su pecho; se sintió desfallecer queriendo lanzarse fuera de este abismo, y exclamó extendiendo los brazos hacía el fraile, que había quedado a la entrada:

–¡Ayudadme padre mío, en nombre del Cielo, ayudadme a salir de aquí!

–Pues bien, hijo mió, dijo el fraile, tendiéndole la mano, compara lo que ahora sientes al ver brillar las estrellas sobre tu cabeza, con lo que yo sentí al ver lucir de nuevo el sol después de diez años de tan horrible suplicio.

–¡Vos, desgraciado fraile!, exclamó el viajero, apresurándose a marchar hacia el jardín; ¿vos habéis podido soportar durante diez años esa muerte anticipada sin perder la razón o la vida? Me parece que si yo hubiese permanecido allí un instante más me hubiera vuelto idiota o furioso. No, no creía que la vista de un calabozo pudiese producir tan súbitos, tan profundos terrores, y no comprendo como el pensamiento pueda acostumbrarse y someterse a ellos. He visto en Venecia los instrumentos de tortura; he visto también los calabozos del palacio ducal, con el tenebroso callejón sin salida, donde se caía herido por una mano invisible, y la losa llena de agujeros por donde la sangre iba a mezclarse con las aguas del canal sin dejar rustro alguno; y sólo me ha asaltado la idea de una muerte más o menos rápida. Pero en ese calabozo, la espantosa idea de la vida es la que se presenta a mi espíritu. iOh Dios mío!; estar allí y no poder morir!

–Mírame, hijo mío, dijo el fraile descubriendo su cabeza calva y marchita; yo no cuento más años que los que revelan tu fisonomía viril y tu frente serena, y, sin embargo me has tomado sin duda por un anciano.

–Como merecí y como soporté mi lenta agonía, no viene al caso relatarlo. No solicito tu lástima; no la necesito ya, porque hoy me siento joven y feliz contemplando estos muros derruidos y estos calabozos vacíos. No quiero tampoco inspirarte horror a los frailes; son libres, yo también lo soy; Dios es bueno para todos. Pero puesto que eres artista, te será útil haber conocido una de esas emociones sin las cuales el artista no comprendería su obra.

–Y si quieres ahora pintar estas ruinas sobre las cuales venías hace poco a llorar el pasado, y entre las cuales vengo todas las noches a prosternarme para dar gracias a Dios por el presente, tu mano y tu genio serán animados tal vez de un pensamiento más elevado que el de una cobarde nostalgia o una estéril admiración. Muchos monumentos, que tienen para los anticuarios un valor inapreciable, no tienen otro mérito que recordar los hechos que la humanidad consagró con su erección, y a menudo fueron hechos inicuos o pueriles. Puesto que has viajado habrás visto en Génova un puente echado sobre un abismo, muelles gigantescos, una rica y pesada iglesia costosamente levantada en un barrio desierto, por la vanidad de un patricio que no quería recibir el agua bendita ni arrodillarse al lado de los devotos de su parroquia; puede ser que hayas visto esas pirámides de Egipto que son el horroroso testimonio de la esclavitud de las naciones, o esos dólmenes sobre los cuales la sangre humana corría a torrentes para satisfacer la sed inextinguible de las divinidades bárbaras; pero vosotros los artistas no consideráis en las obras del hombre más que la hermosura o la singularidad de la ejecución, sin penetraros de la idea que entrañan; así es que vuestra inteligencia adora casi siempre la expresión de un sentimiento que rechazaría vuestro corazón si tuviera conciencia de él.

–He aquí por qué vuestras obras carecen a menudo del verdadero color de la vida, sobre todo, cuando en lugar de expresar la que circula en las venas de la humanidad os esforzáis fríamente en interpretar la de los muertos, que no queréis comprender.

–Padre mío, respondió el joven, comprendo tus lecciones, y no las rechazo en absoluto; ¿pero creéis que el arte puede inspirarse en semejante filosofía? Explicáis con la razón de nuestro tiempo lo que fue concebido en un poético delirio por la ingeniosa superstición de nuestros padres. Si en lugar de las risueñas divinidades de la Grecia pusiéramos al desnudo las vulgares alegorías ocultas bajo sus formas voluptuosas; si en lugar de la divina madona de los florentinos, pintásemos como los holandeses, una robusta criada de taberna; en fin, si hiciéramos de Jesús, hijo de Dios, un filósofo ingenuo de la escuela de Platón, en vez de divinidades, no tendríamos más que hombres, de igual manera que aquí en lugar de un templo cristiano, no tenemos a nuestra vista más que un montón de piedras.

–Hijo mío, replicó el fraile, si los florentinos han dado rasgos divinos a la Virgen, es porque aún creían en ella; y si los holandeses le han dado rasgos vulgares, es porque ya no creían en ella. ¡Y os lisonjeáis hoy de pintar asuntos sagrados, vosotros que no creéis más que en el arte, es decir, en vosotros mismos!; jamás lo conseguiréis. No intentéis, pues, pintar más que lo que es palpable y vivo para vosotros.

–Si yo hubiese sido pintor, hubiera hecho un hermoso cuadro del día de mi libertad. Hubiera representado en él hombres osados y robustos con el martillo en una mano y la tea en la otra, penetrando en esos limbos de la Inquisición que acabo de mostrarte, y levantando del fétido suelo espectros de ojos apagados, de sonrisa azorada. Se hubiera visto, como una aureola, la luz de los cielos penetrar por las rendijas de las bóvedas destrozadas, envolviendo todas las cabezas, y este asunto hubiera sido tan hermoso, tan apropiado a mi tiempo, como lo fue al suyo el Juicio Final de Miguel Angel; porque estos hombres del pueblo, que tan groseros y despreciables te parecen en la obra de la destrucción, me aparecieron más hermosos y más nobles que todos los ángeles de cielo; al igual que esta ruina, que es para tí un objeto de tristeza y de consternación, es para mí un monumento más religioso de lo que fue antes de su caída.

Si estuviese encargado de erigir un altar destinado a transmitir a las edades futuras un testimonio de la grandeza y del poder de la nuestra, escogería esta montaña de escombros, y arriba, en la piedra consagrada escribiría lo siguiente:

En tiempo de la ignorancia y de la crueldad, los hombres adoraron sobre este altar el dios de las venganzas y de los suplicios. El día de la justicia, y en nombre de la humanidad, los hombres han derribado estos altares sanguinarios, abominables a los ojos del Dios de misericordia.

XII

No ha sido en Palma, sino en Barcelona, en las ruinas de la casa de la Inquisición, donde he visto esos calabozos, abiertos en muros de 14 pies de espesor. Es muy posible que en los de Palma no hubiese prisioneros cuando el pueblo penetró en ellos. Pido, pues, gracia a la susceptibilidad mallorquína por la licencia poética que me he tomado en el fragmento que se acaba de leer.

Sin embargo, como no se inventa nada que no tenga cierto fondo de verdad, debo decir que he conocido en Mallorca un sacerdote, hoy cura de una parroquia de Palma, que me dijo que había pasado siete años de su vida, la flor de su juventud , en las prisiones de la Inquisición, y que sólo salió de ellas por la protección de una dama que se había interesado vivamente por él. Era un hombre en la fuerza de la edad, de ojos muy vivos y carácter alegre, y no parecía echar mucho de menos el régimen del Santo Oficio.

A propósito del convento de los dominicos citaré un pasaje de Grasset de Saint Sauveur, a quien no se puede acusar de parcialidad, puesto que hace un pomposo elogio de los inquisidores con que se relacionaba en Mallorca:

Se ven, sin embargo, todavía, en el claustro de Santo Domingo unas pinturas que recuerdan la barbarie ejercida en otro tiempo con los judíos. Cada uno de los infelices que fueron quemados figura en un cuadro, en donde se leen su nombre, su edad, y la época en que fue ajusticiado.

Me han asegurado que, hace pocos años, los descendientes de estos infortunados, que forman hoy día una clase particular, entre los habitantes de Palma, bajo la ridícula denominación de Chuetas, habían ofrecido en vano grandes sumas para conseguir que desaparecieran estos aflictivos recuerdos. Me he resistido a creer este hecho...

No olvidaré, no obstante, jamás, que un día, paseándome por el claustro de los dominicos, contemplaba con dolor aquellas tristes pinturas, cuando un fraile se me acercó y me hizo notar entre los cuadros muchos señalados con huesos puestos en cruz.

–Estos son, me dijo, los retratos de aquellos cuyas cenizas han sido quemadas y arrojadas al viento.

Mi sangre se heló; salí bruscamente con el corazón lacerado y el espíritu herido por esa escena.

La casualidad hizo caer entre mis manos una relación impresa en 1755 por orden de la Inquisición, que contenía los nombres, apodos, cualidades y delitos de los infelices sentenciados en Mallorca desde el año 1645 hasta 1691.

Leí, temblando, aquel escrito: encontré en él cuatro mallorquines, entre ellos una mujer, quemados vivos por causa de judaísmo; otros treinta y dos muertos por el mismo delito en los calabozos de la Inquisición y cuyos cuerpos habían sido quemados; tres cuyas cenizas habían sido exhumadas y arrojadas al viento; un holandés acusado de luteranismo; un mallorquín de mahometismo; seis portugueses, entre ellos una mujer y siete mallorquines, acusados de judaísmo, quemados en efigie por haber tenido la suerte de escaparse. Conté otras doscientas diez y seis víctimas, mallorquines y extranjeros, acusados de judaísmo, de herejía o de mahometismo, salidos de las prisiones después de haberse retractado públicamente y vuelto al seno de la Iglesia.

Este espantoso catálogo terminaba con un acuerdo de la Inquisición no menos horrible. He aquí el texto español que da M. Grasset.

Todos los reos contenidos en esta relación han sido condenados por este Santo Oficio públicamente como herejes formales, confiscados todos sus bienes, y aplicados al real fisco, declarados por inhábiles e incapaces de tener, ni obtener dignidades, ni beneficios, así eclesiásticos como seculares, ni otros oficios públicos ni de honra ni de poder traer sobre si, ni sus personas, oro, plata, perlas, piedras preciosas, ni corales, seda, chamellote, ni paño fino, ni andar a caballo, ni traer armas, ni exercer, ni usar de las otras que por derecho común, leyes y pragmáticas de estos reinos e instrucciones y estilo del Santo Oficio, a los semejantes inhábiles son prohibidas, extendiéndose esta privación en las mujeres relaxadas, a sus hijos e hijas, y en los varones relaxados hasta sus nietos por línea masculina; condenando asimismo la memoria y fama de los difuntos relaxados en estatua, mandando desenterrar sus huesos (pudiendo ser discernidos de los otros de los fieles cristianos) entregándolos a la justicia, y brazo seglar para que fuesen quemados e incinerados; quitados, y rahídos cualesquiera títulos que hubiese sobre sus sepulturas, o armas si estuviesen puestas o pintadas en alguna parte, por manera que non quedase memoria de ellos sobre la haz de la tierra, si non la de su sentencia y su execución.

Cuando se leen semejantes documentos, tan cercanos a nuestra época, y cuando se considera el invencible odio que, después de doce o quince generaciones de judíos convertidos al cristianismo, persigue aún hoy a esta infortunada raza en Mallorca, no se puede creer que el espíritu de la Inquisición estuviese tan perfectamente apagado como se dice, en la época del decreto de Mendizábal. No terminaré este articulo, ni saldré del convento de la Inquisición, sin poner al corriente a mis lectores de un descubrimiento bastante curioso, debido a M. Tastu y que hace treinta años hubiera hecho la fortuna de este erudito a menos que no lo hubiese ofrecido gustoso al dominador del mundo sin pensar en sacar partido de él para sí mismo, suposición mucho más conforme a su carácter de artista imprevisor y desinteresado.

Esta nota es demasiado interesante para que intente truncarla. Hela aquí tal como ha llegado a mis manos, con autorización de publicarla.

Convento de Santo Domingo
En Palma de Mallorca

Un compañero de Santo Domingo. Miguel de Fabra, fue el fundador de la orden de hermanos predicadores en Mallorca. Era oriundo de Castilla la Vieja, y acompañó a Jaime I a la conquista de la Balear mayor, en 1229. Su instrucción era mucha y variada, su devoción notable; lo cual le proporcionaba una potente autoridad cerca del Conquistador, de sus nobles compañeros y de los mismos soldados; así es que arengaba a las tropas, celebraba los oficios divinos, daba la comunión a los asistentes y combatía a los infieles, como en aquella época lo hacían los eclesiásticos. Los árabes decían que solamente la santa Virgen y el padre Miguel les habían conquistado. Los soldados catalanes y aragoneses rogaban, según se dice, después de Dios y de la Virgen, al padre Miguel Fabra.

El ilustre dominico había recibido el hábito de su orden en Tolosa de manos de su amigo Domingo; fue enviado por él a París con otros dos compañeros para desempeñar una misión importante. Él fue quien estableció en Palma el primer convento de dominicos, por virtud de una donación que le hizo el procurador del primer obispo de Mallorca D. J. R. de Torrella. Esto aconteció en 1231.

Una mezquita y algunas toesas de tierra que de ella dependían sirvieron para la primera fundación. Los hermanos predicadores engrandecieron más tarde la comunidad por medio de un comercio lucrativo de toda especie de mercancías, y de donaciones bastante frecuentes que les hacían los fieles. Sin embargo, el primer fundador, hermano de Miguel de Fabra, había ido a morir en Valencia en cuya conquista tomó parte.

Jaime Fabra fue el arquitecto del convento de los dominicos. No se sabe si éste fue de la familia del padre Miguel su homónimo; se sabe solamente que entregó los planos en 1296 y que trazó más tarde los de la Catedral de Barcelona (1317) y muchos otros en tierras de los reyes de Aragón.

El convento y su iglesia han debido experimentar muchos cambios por el tiempo, si se compara, como nosotros lo hemos hecho, las diversas partes de los monumentos destruidos por los barrenos. Aquí queda apenas en pie un rico portal cuya parte del monumento, esos arcos rotos, osas pesadas claves de bóveda que yacen sobre los escombros indican que, a más de Jaime Fabra, otros arquitectos, muy inferiores a él, habían trabajado en la obra.

Sobre esas vastas ruinas donde no han quedado en pie más que algunas palmeras seculares, conservadas a repetidas instancias nuestras, hemos podido deplorar, como ya lo habíamos hecho sobre las de los conventos de Santa Catalina y San Francisco de Barcelona, que sólo la fría política interviniera en estas demoliciones hechas sin discernimiento.

Efectivamente, el arte y la historia no han perdido nada viendo caer los conventos de San Jerónimo de Palma y San Francisco de Barcelona, situado junto a la muralla de mar: pero en nombre de la historia, en nombre del arte, ¿por qué no se han conservado como monumentos los conventos de Santa Catalina de Barcelona y de Santo Domingo de Palma, cuyas naves abrigaban las tumbas de gente de bien, *les sepultures de persones de bé,* como dice un pequeño cuaderno que hemos tenido en las manos y que formaba parte de los archivos del convento? Se leía en él, además de los nombres de N. Cotoner, gran maestre de Malta, los de loa Dameto, Muntaner, Villalonga, La Romana, Bonapart! Este libro, así como todo el convento, pertenece hoy al contratista de las demoliciones.

Este hombre, verdadero tipo mallorquín, que al principio os extraña y luego os cautiva y tranquiliza, viendo el interés que tomábamos por estas ruinas, por estos recuerdos históricos, y siendo por otra parte, como todo hombre del pueblo partidario del gran Napoleón, se apresuró a indicarnos la tumba con las armas de los Bonapart, sus abuelos, pues tal es la tradición mallorquína. Nos ha parecido bastante curiosa para hacer algunas investigaciones sobre este punto; pero, ocupados en otros trabajos, no hemos podido disponer de tiempo y la atención necesarios para completarlas.

* * * * * *

Hemos hallado las armas de los Bonapart, que son:

Cuartel azul, con seis estrellas de oro de seis puntas dos, dos y dos; cuartel de gules con un león de oro leopardado, cabecera de oro con un águila negra naciente;

1º En un nobiliario o libro de blasón que forma parte de las riquezas encerradas en la biblioteca del Sr. Conde de Montenegro, hemos tomado un facsímil de estas armas;

2º En Barcelona, en otro nobiliario español, de no tan hermosa ejecución, perteneciente al distinguido archivero de la corona de Aragón y en el que se encuentran con fecha de 15 de Junio de 1549, las pruebas de nobleza de la familia de los Fortuny, en cuyo número figura, entre los cuatro cuarteles, el de la abuela materna, que era de la casa de Bonapart.

En el registro: Índice: Pedro III tomo II de los archivos de la corona de Aragón, se mencionan dos actas con fecha de 1276, relativas a miembros de la familia Bonpar. Este nombre, de origen provenzal o languedociano, por haber sufrido, como tantos otros de la misma época, la alteración mallorquína se había transformado en Bonapart.

En 1411 Hugo Bonapart, natural de Mallorca, pasó a la isla de Córcega en calidad de regente o gobernador por el rey Martín de Aragón; y a él se haría remontar el origen de los Bonaparte; o, como se ha dicho más tarde, Buonaparte; así, Bonapart, es el nombre románico; Bonaparte el italiano antiguo, y Buonaparte el italiano moderno. Se sabe que los miembros de la familia de Napoleón firmaban indiferentemente Bonaparte o Buonaparte.

¿Quién sabe la importancia que estos ligeros indicios, descubiertos algunos años antes hubieran podido adquirir, si hubiesen servido para demostrar a Napoleón que tanto deseaba ser francés, que su familia era originaria de Francia?»

* * * * * *

Por no tener ya hoy el mismo valor político el descubrimiento de M. Tastu, no es menos interesante, y si yo tuviese voto, en el capítulo de los fondos destinados a las letras por el gobierno francés facilitaría a ese bibliógrafo los medios necesarios para completar su investigación.

Tiene poca importancia hoy, convengo en ello, el asegurarse del origen francés de Napoleón. Este gran capitán, que en mis ideas (pido por ello perdón a la moda) no es tan gran príncipe, pero que, por su naturaleza personal era ciertamente un grande hombre ha sabido hacerse adoptar por la Francia, y la posteridad no le preguntará si sus antepasados fueron florentinos, corsos, mallorquines o languedocianos; pero la historia tendrá siempre interés en levantar el velo que cubre a esta raza predestinada, en la que Napoleón no es, en verdad, un accidente fortuito, un hecho aislado. Estoy seguro de que, buscando bien, se encontraría en las generaciones anteriores de esta familia, hombres o mujeres dignos de una tal descendencia, y aquí los blasones, esas insignias de las cuales ha hecho justicia la ley de igualdad, pero que deben ser tomadas en cuenta por el historiador como monumentos muy significativos, podrían muy bien arrojar alguna luz sobre el destino guerrero o ambicioso de los antiguos Bonapartes.

En efecto, ¿ha habido jamás escudo alguno más arrogante y más simbólico que el de estos caballeros mallorquines?. Ese león en actitud de combate, ese cielo sembrado de estrellas, de donde quiere desprenderse el águila profética, ¿no son como el geroglífico misterioso de un destino poco común? Napoleón que amaba la poesía de las estrellas con una especie de superstición, y que daba el águila por blasón a Francia, ¿tendría conocimiento de su escudo mallorquín, y no habiendo podido remontarse hasta la fuente presumida de los Bonpar provenzales guardaría silencio sobre sus abuelos españoles? Tal es la suerte de los grandes hombres después de su muerte: ver a las naciones disputarse sus cunas o sus tumbas.

TERCERA PARTE

XIII

Partimos para Valldemosa una mañana serena a mediados de diciembre para ir a tomar posesión de nuestra Cartuja. Acariciados por los hermosos rayos del sol de otoño, que debían ser ya para nosotros más raros cada día. Después de haber atravesado los llanos fértiles de Establíments, encontramos esos terrenos incultos, ora arbolados, ora secos y pedregosos, ora húmedos y frescos y dislocados en tintas partes, por movimientos abruptos, que a nada se parecen.

En ningún sitio, como no sea en algunos valles de los Pirineos, la naturaleza se ha mostrado tan desenvuelta a mis ojos como en estos matorrales de Mallorca, espacios bastante vastos que llevaban a mi espíritu un cierto mentís a ese cultivo tan perfecto al cual los mallorquines se alaban de haber sometido todo su territorio.

No soñaba, sin embargo, echárselo en cara, pues nada hay más hernioso que estos terrenos abandonados que producen todo lo que quieren y a los que nada falta, árboles tortuosos, inclinados, desmelenados; escabrosidades espantosas; flores magnificas; tapices de musgos y de juncos, alcaparros espinosos, gamones delicados y encantadores; todo tomando allí las formas que Dios quiere, barranco, colina, sendero pedregoso cayendo de golpe en una cantera, camino salpicado de verdura que penetra en un arroyo engañador, pradera abierta a todo el mundo y que termina súbitamente ante una montaña cortada a pico; después, sotos sembrados de gruesos peñascos que parecen caídos del cielo, caminos socavados al borde del torrente entre matorrales de mirto y de madreselva; luego una alquería arrojada como un oasis en el seno de este desierto, elevando su palmera como un vigía, para guiar al caminante en la soledad.

La Suiza y el Tirol no han tenido para mí este aspecto de creación libre y primitiva que tanto me ha encantado en Mallorca. Me parecía que en los sitios más salvajes de las montañas helvéticas la naturaleza entregada a influencias atmosféricas demasiado rudas, no escapaba a la mano del hombro sino para recibir del cielo más duras contrariedades, y para experimentar, como un alma fogosa entregada a sí misma, la esclavitud de sus propias aflicciones. En Mallorca florece bajo los besos de un cielo ardiente y sonríe bajo los golpes de las tibias borrascas que las rozan, corriendo los mares. La flor tumbada se endereza más vivaz, el tronco roto produce más numerosos renuevos después del vendabal; y aunque no existan, a decir verdad, lugares desiertos en la isla, la falta de caminos practicables le da un aire de abandono o de rebelión que debe asemejarla a las hermosas sábanas de la Luisiana donde en los sueños queridos de mi juventud seguia a René en busca de las huellas de Atala o de Chactas.

Estoy seguro de que este elogio de Mallorca no agradará mucho a los mallorquines, pues ellos tienen la pretensión de tener caminos muy agradables. Agradables a la vista, no lo niego; pero practicables para coches, vais a juzgarlo.

El coche más usado en el país es la tartana, especie de coucouomnibus tirado por un caballo o por un mulo, y sin muelles de ninguna clase; o el birlocho, especie de cabriolé de cuatro asientos apoyado sobre sus brazos como la tartana, como ella dotado de sólidas ruedas, con herrajes macizos, y guarnecido el interior de un acolchado de borra de lana de medio pié de espesor. Semejante forro os da bastante que pensar cuando os instaláis por primera vez en ese vehículo de tan dulzonas apariencias. El cochero se sienta sobre una tablita que sirve de pescante, con los pies separados y apoyados sobre las varas y con la grupa del caballo entre las piernas de suerte que tiene la ventaja de sentir, no solamente las sacudidas de su carricoche, sino también todos los movimientos de la bestia, y de andar así en carruaje y a caballo al mismo tiempo. No parece descontento de esta posición, pues canta siempre, por más horrorosa que sea la sacudida que reciba, y no se interrumpe más que para proferir con aire flemático terribles juramentos, cuando su caballo vacila en arrojarse por algún precipicio o en trepar por una muralla de roca.

Y así es como se viaja; barrancos, torrentes, hondonadas, setos vivos, zanjas, se presentan en vano; no se para por tan poca cosa. Por lo demás a todo esto llaman allí el camino.

Al partir, tomáis esta carrera de obstáculos por una apuesta de mal gusto, y preguntáis a vuestro guía qué mosca le ha picado.

–Este es el camino, os responde

–Pero ¿y este torrente?

–Es el camino.

–¿Y este hoyo profundo?

–El camino.

–¿Y este matorral también?

–Siempre el camino.

–¡Sea en buen hora!

Entonces no podéis hacer cosa mejor que tomar vuestro partido; bendecir el acolchado que tapiza la caja del coche y sin el cual tendríais infaliblemente los miembros rotos, encomendar vuestra alma a Dios y contemplar el paisaje esperando la muerte o un milagro. Y, sin embargo, llegáis alguna vez sano y salvo, gracias al poco balanceo del coche, a la solidez de las piernas del caballo y tal vez a la incuria del cochero, que le deja hacer, se cruza de brazos y fuma tranquilamente su cigarro, mientras que una rueda corre sobre la montaña y la otra por la torrentera.

Muy pronto se habitúa uno a un peligro del cual no ve que los demás hagan ningún caso, y sin embargo el peligro es muy real. No se vuelca todos los días; pero, cuando se vuelca, apenas uno puede contarlo. M. Tastu había sufrido, el año anterior, un accidente de este género en nuestro camino de Establiments y había quedado por muerto en el sitio. Conserva todavía horribles dolores en la cabeza, que no enfrían, sin embargo, sus deseos de volver a Mallorca.

Las personas del país tienen casi todas coche de alguna especie, y las nobles poseen carrozas del tiempo de Luís XIV, con la caja ensanchada. Algunas de ocho cristales y cuyas ruedas enormes desafían todos los obstáculos. Cuatro o seis fuertes mulas arrastran con ligereza estas pesadas máquinas mal suspendidas, pomposamente desgarbadas, pero espaciosas y sólidas, en las cuales se franquea a galope y con increíble audacia los más espantosos desfiladeros, no sin sacar algunas contusiones, chichones en la cabeza o al menos fuertes derrengaduras.

El grave Miguel de Vargas, autor verdaderamente español, que jamás se chancea, habla en estos términos de los horrorosos caminos de Mallorca:

En cuyo esencial ramo de policía no se puede ponderar bastantemente el abandono de esta Balear. El que llaman camino es una cadena de precipicios intratables y el tránsito desde Palma a Galatzó presenta al infeliz pasajero la muerte a cada paso, etc.

En los alrededores de los poblados, los caminos son un poco menos peligrosos; pero tienen el grave inconveniente de estar encerrados entre dos murallas o entre dos zanjas que no permiten el paso a dos coches. Si se encuentran dos vehículos que llevan dirección contraria, lo que sucede con frecuencia, es preciso desuncir los bueyes de la carreta o los caballos del coche y que uno de los dos retroceda a menudo durante un largo trayecto. Sobrevienen entonces interminables disputas sobre quién de los dos deberá retroceder, y, durante este tiempo, el retrasado viajero no puede hacer cosa mejor que repetir la divisa mallorquína: mucha calma, para su particular edificación.

Con los pocos gastos que hacen los mallorquines para conservar sus caminos, tienen la ventaja de tenerlos a discreción. No hay más que la dificultad de elegir.

He ido tres veces solamente desde la Cartuja a Palma y viceversa; y seis veces he seguido un camino diferente, y otras seis veces el birlocho se ha extraviado, haciéndonos andar errantes por montes y valles so pretexto de buscar un séptimo camino que decía ser el mejor de todos y que no ha encontrado jamás.

De Palma a Valldemosa se cuentan tres leguas; pero tres leguas mallorquinas, que no se franquean al largo trote en menos de tres horas. Se sube insensiblemente durante las dos primeras; en la tercera se entra en la montaña y se sigue una rampa muy igual (antiguo trabajo de los cartujos, al parecer); pero muy estrecha, horriblemente rápida y más rigurosa que todo el resto del camino.

Allí se empieza a admirar la parte alpestre de Mallorca; pero es en vano que las montañas se levanten a cada lado de la garganta; es en vano que el torrente salte de roca en roca; solamente en el corazón del invierno es cuando estos sitios toman el aspecto salvaje que les atribuyen los mallorquines. En el mes de diciembre, a pesar de las recientes lluvias, el torrente era todavía un encantador arroyuelo que se deslizaba entre espesuras de yerbas y de flores; la montaña estaba risueña y el valle encajonado de Valldemosa se abría ante nosotros como un jardín primaveral.

Para llegar a la Cartuja es preciso echar pié a tierra; pues ningún carruaje puede trepar por el camino empedrado que a ella conduce, camino admirable a la vista por su evolución atrevida, sus sinuosidades entre magníficos árboles y por las vistas maravillosas que se desarrollan a cada paso y que aumentan en hermosura a medida que uno se eleva. No he visto nada más risueño ni más melancólico al mismo tiempo que estas perspectivas donde la verde encina, el algarrobo, el pino, el olivo, el álamo y el ciprés mezclan sus variados matices en impenetrables enramadas, verdaderos abismos de verdura donde el torrente precipita su curso bajo matorrales de una riqueza suntuosa y de una gracia inimitable. No olvidaré nunca cierto recodo de la garganta, desde donde, volviéndose, se distingue en la cúspide de un monte una de esas graciosas casitas árabes que he descrito, medio oculta entre las palas de sus chumberas, y. dibujando su silueta en los aires, una gran palmera que se inclina sobre el abismo. Cuando la vista del fango y de las nieblas de París me sumerge en el *spleen*, cierro los ojos, y vuelvo a ver, como en un sueño, esa montaña salpicada de verdura, esas rocas peladas y esa palmera solitaria perdida en un cielo rosado.

La cordillera de Valldemosa se eleva de meseta en meseta estrechándose hasta formar una suerte de embudo rodeado de altas montañas y cerrado al norte por la vertiente de una última meseta en cuya entrada reposa el monasterio.

Los cartujos han suavizado, con inmenso trabajo, la aspereza de ese lugar romántico. Han hecho del valle que termina la cordillera un vasto jardín ceñido de murallas que no privan la vista y al que una bordura de cipreses piramidales, dispuestos a pares sobre planos distintos, da el aspecto arreglado de un cementerio de ópera.

Este jardín, plantado de palmeras y de almendros, ocupa todo el fondo inclinado del valle y se eleva en vastos bancales sobre los primeros planos de la montaña. A la claridad de la luna y cuando la irregularidad de esos bancales está velada por las sombras, semeja un anfiteatro tallado para combates de gigantes. En el centro y bajo un grupo de hermosas palmeras un estanque de piedra recibe las aguas del manantial que brota de la montaña, y las vierte en las planicies inferiores por canales de losas, muy semejantes a los que riegan los alrededores de Barcelona. Estas obras son demasiado considerables e ingeniosas para no ser en Mallorca como en Cataluña, trabajo de los árabes. Recorren todo el interior de la isla, y las que parten del jardín de los cartujos, costeando el lecho del torrente, llevan a Palma agua viva en todas las estaciones.

La Cartuja, situada en el último llano de esa garganta, se abre al norte sobre un valle espacioso que se ensancha y se eleva en suave pendiente hasta la costa escarpada que el mar golpea y roe por su base. Una rama de la cordillera se dirige hacia España y la otra hacia oriente.

Desde esta pintoresca Cartuja se domina el mar por los dos lados. Mientras que se le oye rugir al norte, se le percibe como una débil línea brillante más allá de las montañas que van descendiendo y de la inmensa llanura que se despliega al mediodía; cuadro sublime, limitado en el primer llano por rocas negras, cubiertas de pinos; en el segundo por montañas de perfil atrevidamente recortado y franjeado de árboles soberbios; en el tercero y en el cuarto por mamelones redondeados que el sol poniente dora con los más cálidos matices y sobre la grupa de los cuales el ojo distingue todavía, a una legua de distancia, la silueta microscópica de los árboles, fina como las antenas de las mariposas, negra y limpia como un trazo de pluma con tinta de China sobre un fondo de oro resplandeciente. Este fondo luminoso es el llano; y a esta distancia, cuando los vapores de la montaña empiezan a exhalarse y a echar un velo transparente sobre el abismo, podría creerse que aquello es ya el mar. Pero el mar está todavía muy lejos, y al volver el sol, cuando el llano es como un lago azul, el Mediterráneo traza una cinta de plata viva en los confines de esa perspectiva deslumbradora.

Esta es una de las vistas que colman, porque nada dejan que desear, nada que imaginar. Todo lo que el poeta y el pintor pueden soñar, la naturaleza lo ha creado en este sitio. Conjunto inmenso, detalles infinitos, variedad inagotable, formas confusas, contornos definidos, vagas profundidades, todo está allí y el arte nada puede añadirle. El espíritu no basta siempre para saborear y comprender la obra de Dios; y si se revuelve sobre sí mismo siente su impotencia para crear una expresión cualquiera de esa inmensidad de vida que le subyuga y le embriaga. Aconsejaría a las gentes a quienes devora la vanidad del arte, que contemplen bien tales sitios y que los contemplen a menudo. Me parece que tomarían hacia ese arte divino que preside la eterna creación de las cosas un cierto respeto que les falta, por lo que yo me imagino según la énfasis de su forma.

Por lo que a mí me toca, diré que nunca he sentido mejor la nulidad de las palabras, que en estas horas de contemplación pasadas en la Cartuja. Me acometían muchos arranques religiosos; pero no se me ocurría otra fórmula de entusiasmo que ésta: ¡Buen Dios, bendito seas por haberme dado tan buenos ojos!

Creo, por lo demás, que si el goce accidental de estos sublimes espectáculos es confortante y saludable, su posesión continuada es peligrosa. Se habitúa uno a vivir bajo el imperio de la sensación, y la ley que preside todos los abusos de la sensación es el enervamiento.

Así es como puede explicarse la indiferencia de los monjes en general por la poesía de sus monasterios, y la de los campesinos y de los pastores por la belleza de sus montañas.

Nosotros no tuvimos tiempo de cansarnos de todo esto, porque la niebla bajaba casi todas las tardes a la puesta del sol y apresuraba la caída de los días, tan cortos ya que pasábamos en este embudo. Hasta medio día estábamos envueltos en la sombra de la gran montaña de la izquierda y a las tres volvíamos a caer en la sombra de la de la derecha. Pero, ¡qué hermosos efectos de luz podíamos estudiar cuando los rayos oblicuos penetrando por las cortaduras de los peñascos o resbalando por entre las cumbres venían a trazar crestas de oro y púrpura sobre nuestros segundos términos! Alguna vez, nuestros cipreses, negros obeliscos que servían de primer término al cuadro, bañaban sus cabezas en este fluido abrasador; los racimos de dátiles de nuestras palmeras parecían racimos de rubíes, y una gran línea de sombra, cortando el valle al sesgo, lo dividía en dos zonas, una inundada por las claridades del estío, la otra azulada y fría a la vista como un paisaje de invierno.

La Cartuja de Valldemosa, que contenía, según la regla de los cartujos, justamente trece religiosos, incluso el prior, había escapado al decreto que en 1836, ordenó la demolición de los monasterios que contenían menos de doce personas en comunidad; pero ésta, como todas las otras, había sido dispersada y el convento suprimido, es decir, considerado como dominio del Estado.

No sabiendo el Estado mallorquín cómo utilizar estas vastas construcciones, había tomado el partido de alquilar las celdas a las personas que quisieran habitarlas antes de que el abandono las acabase de hundir. Aunque el precio de estos alquileres fuese extremadamente módico, los lugareños de Valldemosa no las habían querido aprovechar, tal vez a causa de su extremada devoción y de la nostalgia que sentían de sus monjes, tal vez, también, por miedo supersticioso; lo que no les impedía venir a bailar allí en las noches de carnaval, como diré después, aunque les hacía mirar con muy malos ojos nuestra presencia irreverente entre aquellos muros venerables.

Sin embargo, la Cartuja está durante los calores del estío habitada en gran parte por palmesanos de la clase media, que vienen a buscar, en estas alturas y bajo estas gruesas bóvedas un aire más fresco que el de la llanura y de la ciudad. Pero, al aproximarse el invierno, el frío les arroja de allí, y cuando nosotros permanecíamos en ella, la Cartuja tenía por total de habitantes, además de mi familia, el farmacéutico, el sacristán y la María Antonia.

La María Antonia era una especie de ama de llaves que había venido de España creo que para escapar de la miseria, y tenía alquilada una celda para explotar a los huéspedes de paso en la Cartuja. Su celda estaba situada al lado de la nuestra y nos servia de cocina, mientras que la dama era considerada como nuestra sirvienta. Era mujer que había sido bonita, fina, limpia en apariencia, cariñosa, dándosela de bien nacida, de maneras encantadoras, un metal de voz armonioso, aires trapaceros y que ejercía una especie de hospitalidad muy singular. Tenía la costumbre de ofrecer sus servicios a los que llegaban y de rehusar, con aire ofendido y hasta velándose la cara, toda especie de retribución por sus cuidados. Obraba así, decía, por amor a Dios, por la asistencia y con el solo objeto de captarse la amistad de sus vecinos. Poseía por todo mobiliario un catre, un braserillo, un brasero, dos sillas de paja, un crucifijo, y algunos platos de barro. Todo lo ponía a vuestra disposición con mucha generosidad y podíais instalar en su casa vuestra servidumbre y vuestras marmitas.

Pero enseguida entraba en posesión de todo vuestro ajuar y tomaba para sí lo mejor de vuestras ropas y de vuestra comida. Jamás he visto boca devota más amiga de golosinear ni dedos más ágiles para explorar, sin quemarse, el fondo de las cacerolas en ebullición, ni garganta más elástica para tragar el azúcar y el café de sus queridos huéspedes, a hurtadillas, mientras tarareaba un cántico o un bolero.

Hubiera sido cosa curiosa y divertida, si se hubiese podido ser completamente desinteresado en la cuestión, la de ver a esa buena Antonia y a la Catalina, esa gran hechicera de Valldemosa que nos servia de camarera, y a la niña, pequeño monstruo desgreñado que nos servía de paje, las tres haciendo presa en nuestra comida. Era la hora del Angelus y estas tres gatas no dejaban nunca de recitarlo, las dos viejas a dúo, saqueando todos los platos, y la pequeña respondiendo amen mientras escamoteaba con una destreza sin igual alguna chuleta o alguna fruta confitada. Era un cuadro por hacer y que valía la pena de que uno hiciese la vista gorda; pero cuando las lluvias interceptaron frecuentemente las comunicaciones con Palma y los alimentos se hicieron escasos, la asistencia de la María Antonia y de su pandilla se nos hizo menos agradable, de tal modo, que nos vimos obligados a sucedernos, mis hijos y yo, en el papel de plantón para vigilar los víveres.

Me acuerdo de haber escondido casi bajo la cabecera de mi cama unos cestos de bizcochos muy necesarios para desayunarnos el día siguiente, y de haber vigilado con ojos de buitre ciertos platos de pescado para apartar de nuestras hornillas, colocadas al aire libre, esas pequeñas aves de rapiña que no nos hubieran dejado más que las espinas.

El sacristán era un zagalón que es muy posible hubiera en su infancia servido la misa a los cartujos, y que en la actualidad era el depositario de las llaves del convento. Se contaba de él una historia escandalosa; estaba convicto y confeso de haber seducido y puesto en mal estado a una señorita que había pasado algunos meses en la Cartuja con sus padres, y decía, para excusarse, que él no estaba encargado por el gobierno más que de guardar las vírgenes en pintura. No tenía nada de hermoso, pero tenía pretensiones de dandysmo. En vez de hermoso vestido semiárabe que llevan las gentes de su clase, gastaba pantalón europeo con tirantes que con seguridad llamaban la atención de las muchachas del lugar. Su hermana era la mallorquína más bella que he visto. No habitaban en el convento; eran ricos y orgullosos y tenían una casa en el pueblo, pero hacían su ronda todos los días y frecuentaban la celda de la María Antonia, la que les invitaba a comer nuestras provisiones cuando ella ya no tenía apetito.

El farmacéutico era un cartujo que se encerraba en su celda para ponerse el hábito, que fue blanco en otro tiempo, y recitar solo sus oficios con uniforme de gala. Cuando se llamaba a su puerta para pedirle malvavisco o raíz de grama (los únicos específicos que poseía) se le veía echar rápidamente su hábito debajo de la cama, y aparecer con calzón negro corto, medias y chaqueta corta, absolutamente en el mismo traje de los curanderos que Molière hacia bailar en grupo en los intermedios. Era un viejo muy desconfiado, que nunca se quejaba de nada y es posible pasara el tiempo rogando por el triunfo de D. Carlos y la vuelta de la Santa

Inquisición, sin querer mal a persona alguna. Nos vendía su grama a peso de oro, y se consolaba con estos pequeños gajes de haber sido relevado do su voto de pobreza. Su celda estaba situada muy lejos de la nuestra, a la entrada del monasterio en una especie de chiribitil cuya puerta se disimulaba detrás de un grupo de ricinos y otras plantas medicinales de frondosa vegetación Encerrado allí, como una liebre vieja que teme poner los perros sobre su pista, se dejaba ver muy poco, y si nosotros no hubiésemos ido con frecuencia a buscarle para reclamarle sus julepes, nunca habríamos advertido que todavía existiera un cartujo en la Cartuja.

Esta Cartuja nada tiene de hermoso como ornamento de arquitectura; pero es un conjunto de construcciones de gran solidez y de mucha amplitud. Con un tal recinto y una tal masa de piedras talladas habría suficiente para alojar un cuerpo de ejército, y sin embargo este vasto edificio había sido levantado para doce personas. Solamente dentro del claustro nuevo (pues este monasterio se compone de tres cartujas, adosadas una a otra en diversas épocas) hay doce celdas compuestas cada una de tres piezas espaciosas que dan sobre uno de los lados del claustro. En las dos caras laterales hay situadas doce capillas. Cada religioso tenía la suya, en la que se encerraba para orar solo. Todas estas capillas están diversamente ornamentadas, cubiertas de dorados y de pinturas del gusto más grosero, con estatuas de santos de madera pintarrajeada, tan horribles que, lo confieso, no me hubiera hecho gracia haberlos encontrado por la noche fuera de sus nichos. El pavimento de estos oratorios es de ladrillos esmaltados formando diversos dibujos de mosaico, de muy hermoso efecto. El gusto árabe reina todavía en esto y es el único buen gusto cuya tradición ha atravesado los siglos en Mallorca. En fin, cada una de estas capillas está provista de una fuente o pila de hermoso mármol del país, con cuya agua cada cartujo estaba obligado a lavar todos los días su oratorio. Reina en estas piezas abovedadas, sombrías y embaldosadas con ladrillos esmaltados, una frescura tal, que muy bien podría hacer de las largas horas de la plegaría una suerte de voluptuosidad en los días ardientes de la canícula.

La cuarta fachada del nuevo claustro, en el centro del cual existe un pequeño patio plantado simétricamente de bojes que no han perdido todavía por completo las formas piramidales impuestas por las tijeras de los cartujos, es paralela a una hermosa iglesia cuya frescura y limpieza contrastan con el abandono y la soledad del monasterio.

Esperábamos encontrar allí órganos; pero habíamos olvidado que la regla de los cartujos suprimía toda especie de instrumentos de música como un lujo vano y un placer de los sentidos. La iglesia se compone de una sola nave enlosada con hermosos azulejos, muy finamente pintados, con ramos de flores artísticamente dispuestos como sobre un tapiz. Los revestimientos de madera tallada, los confesonarios y las puertas son de una extremada sencillez; pero la perfección de sus molduras y la limpieza de trabajo tan sobrio y tan delicadamente ornamentado atestiguan una habilidad en la mano de obra que no se encuentra ya en Francia en trabajos de ebanistería. Desgraciadamente esa concienzuda ejecución se ha perdido también en Mallorca. No hay en toda la isla, me ha dicho M. Tastu, más que dos obreros que hayan conservado esta profesión en estado de arte. El carpintero que nos servia en la Cartuja era ciertamente un artista, pero sólo en música y en pintura. Habiendo venido un día a nuestra celda para colocar algunos estantes de madera blanca, miró todo nuestro reducido equipaje de artistas con la curiosidad ingenua e indiscreta que yo había observado otras veces entre los griegos esclavones. Los diseños que mi hijo había hecho siguiendo los dibujos de Goya que representaban frailes de buen humor, y con los que había decorado nuestro dormitorio, le escandalizaron un poco; pero habiendo advertido el Descendimiento do la Cruz grabado según Rubens, quedó largo tiempo absorbido en una contemplación extraña. Le preguntamos lo que le parecía, y nos respondió en su patois: «Nada hay en toda la isla de Mallorca tan hermoso ni tan natural».

Esta palabra natural en la boca de un campesino que tenía la cabellera y las maneras de un salvaje nos impresionó mucho. El sonido del piano y la soltura del artista le ponían en una especie de éxtasis. Abandonaba su trabajo y venia a colocarse detrás de la silla del ejecutante, con la boca entreabierta y los ojos que le salían de las órbitas. Estos instintos elevados no le impedían el ser ladrón, como lo son todos los campesinos de Mallorca con los extranjeros; y esto sin ninguna especie de escrúpulo, aunque se diga que tengan una lealtad religiosa en las relaciones que tienen entre si. Pedía por su trabajo un precio fabuloso, y ponía las manos con codicia sobre todos los objetos diminutos de industria francesa que habíamos traído para nuestro uso. Pasé mucho trabajo para salvar de sus anchas faltriqueras las piezas de un neceser de limpieza. Lo que le tentaba más era un vaso de cristal tallado o tal vez el cepillo de los dientes que se encontraba en él y cuyo destino no comprendía seguramente. Este hombre sentía los impulsos artísticos de un italiano y los instintos rapaces de un malayo o de un cafre.

Esta digresión no me hará olvidar el que mencione el único objeto artístico que encontramos en la Cartuja. Era una estatua de San Bruno, de madera pintada, colocada en la iglesia. El dibujo y el colorido eran notables; sus manos admirablemente estudiadas tenían un movimiento de invocación piadosa y desgarradora; la expresión de la cabeza era verdaderamente sublime de fe y de dolor.

Y sin embargo, era la obra de un ignorante, pues la estatua colocada en frente y ejecutada por el mismo artista era pésima por todos estilos; había tenido al crear a San Bruno un rayo de inspiración, un arranque de exaltación religiosa, que le habia elevado sobre sí mismo. Dudo que jamás el santo fanático de Grenoble haya sido comprendido y representado con un sentimiento tan profundo y tan ardiente. Era la personificación del ascetismo cristiano. Pero, aun en Mallorca, el emblema de esta filosofía del pasado, se levanta en la soledad.

El antiguo claustro, que es preciso atravesar para entrar en el nuevo, comunica con éste por un rodeo muy sencillo que gracias a mi poca memoria de lugares, no he podido nunca volver a encontrar sin perderme antes en el tercer claustro.

Este tercer edificio, que debería llamarse el primero por ser el más antiguo, es también el más pequeño. Presenta un golpe de vista encantador. El patio que circuyen sus rotos muros es el cementerio de los monjes. Ninguna inscripción señala estas tumbas que abría el cartujo durante su vida y donde nada debía disputar su memoria al no ser de la muerte. Las sepulturas están apenas indicadas por el crecimiento de los remolinos de césped. M. Laurens ha trazado la fisonomía de este claustro en un hermoso dibujo donde he vuelto a encontrar, con un placer increíble, el pequeño pozo con su tejadillo en ángulo agudo, las ventanas con cruz de piedra donde so suspenden en festones todas las yerbas vagabundas de las ruinas, y los grandes cipreses verticales que se elevan por la noche como espectros negros alrededor de la cruz de madera blanca. Siento mucho que no haya podido ver levantarse la luna detrás de la bella montaña de áspero color de ámbar que domina este claustro, y que no haya puesto en primer término un viejo laurel de tronco enorme y copa muerta, que tal vez no existía ya cuando visitó la Cartuja. Pero he hallado en su dibujo y en su texto una mención honorífica del hermoso palmito (*chamaerops*) que defendí contra el ardor naturalista de mis hijos, y que es posible sea uno de los más vigorosos de Europa en su especie.

En torno de este claustro pequeño se hallan dispuestas las antiguas capillas de los cartujos del siglo XV. Están herméticamente cerradas y el sacristán no las abre a nadie, circunstancia que picaba nuestra curiosidad. A fuerza de mirar a través de las rendijas, al caer en nuestros paseos por aquellos sitios, hemos creído descubrir hermosos restos de muebles y de esculturas de madera muy antiguas. Pudieran muy bien hallarse en estos desvanes misteriosos muchas riquezas escondidas de las que nadie se cuidará jamás de sacudir el polvo en Mallorca.

El segundo claustro tiene doce celdas y doce capillas como los demás. Sus arcadas tienen mucho carácter, en su estado de decadencia. Están en pie por milagro, y cuando las atravesábamos alguna tarde en que soplaba vendaba!, encomendábamos nuestra alma a Dios, pues no pasaba ningún huracán por encima de la Cartuja sin que hiciese caer algún lienzo de pared o algún fragmento de bóveda. Jamás he oído al viento pregonar tan lamentables voces, ni lanzar aullidos tan desesperados como en estas galerías agrietadas y sonoras. El ruido de los torrentes, la carrera precipitada de las nubes, el grande y monótono clamoreo del mar interrumpido por el silbido del viento, los lamentos de las aves marinas llenas de espanto, perdida su ruta en las violentas rachas, después grandes nieblas que caían de golpe como un sudario y que, penetrando en los claustros por las arcadas rotas, nos volvían invisibles y hacían que la pequeña lámpara que llevábamos para guiarnos, semejara un fuego fatuo errante bajo las galerías y mil otros detalles de esta vida cenobítica que se estrechan a la vez en mi recuerdo; todo esto hacía con seguridad, de la Cartuja, el lugar más romántico de la tierra.

No estaba descontento de ver de lleno y en realidad una vez para siempre, lo que no había visto más que en sueños o en las baladas a la moda y en el acto de las monjas de Roberto el Diablo, en la Opera. Las apariciones fantásticas tampoco nos faltaron, como diré muy pronto, y a propósito de todo este romanticismo materializado que se me revelaba, no dejaba de hacer algunas reflexiones sobre el romanticismo en general.

A la masa de edificios que acabo de indicar hay que añadir la parte reservada al Superior, que no pudimos visitar, así como otros muchos rincones misteriosos; la celda de los Hermanos conversos, una pequeña iglesia perteneciente a la antigua Cartuja y muchas otras construcciones destinadas a las personas de viso que venían a recogerse o a cumplir devociones penitenciarias, muchos patios pequeños rodeados de establos para el ganado de la comunidad, alojamientos para la numerosa comitiva de visitantes; en fin, todo un falansterio, como se diría hoy, bajo la advocación de la Virgen y de San Bruno.

Cuando el tiempo era muy malo o nos impedía trepar a la montaña dábamos nuestro paseo a cubierto por el convento y teníamos horas de sobra para explorar la inmensa morada. No sé qué atractivo de curiosidad me empujaba a sorprender en estos muros abandonados el secreto íntimo de la vida monástica.

Su huella era tan reciente que me parecía oír siempre el ruido de las sandalias sobre el pavimento y el murmullo de la plegaria bajo las bóvedas de las capillas. En nuestras celdas había aún, legibles, oraciones latinas impresas y pegadas a las paredes, hasta en los escondrijos más secretos donde no se hubiera imaginado jamás que se fuera a rezar el oremus.

Un día que íbamos a la descubierta en las galerías superiores, apareció a nuestra vista una bonita tribuna, desde donde nuestras miradas se sumergieron en una grande y hermosa capilla, tan bien amueblada y tan bien compuesta, que se hubiera dicho había sido abandonada la víspera. El sillón del Superior estaba todavía en su lugar, y el orden de los ejercicios religiosos de la semana fijado en un marco de madera negra, pendía de la bóveda en medio de las sillas del capítulo. Cada silla tenía una pequeña imagen de santo pegada al respaldo, probablemente del patrón de cada religioso. El olor a incienso, de que las paredes habían estado impregnadas tanto tiempo no se había disipado por completo; los altares estaban adornados con flores secas, y los cirios, medio gastados, se levantaban todavía en sus candelabros. El orden y la conservación de estos objetos contrastaban con las ruinas de fuera, la altura de las malezas que invadían las ventanas y los gritos de los pilluelos que jugaban al tejo en los claustros con fragmentos de mosaico.

En cuanto a mis hijos, el amor a lo maravilloso les predisponía más vivamente aun a estas exploraciones alegres y apasionadas. Mi hija se ocupaba en descubrir algún palacio de hadas lleno de maravillas en los desvanes de la Cartuja, y mi hijo esperaba encontrar la huella de algún drama terrible y extravagante sepultado bajo los escombros. Con frecuencia me llenaba de horror el verlos brincar como gatos sobre maderos combados y sobre terrazas mal seguras, y cuando, adelantándoseme algunos pasos, desaparecían en la vuelta de alguna escalera de caracol, me imaginaba que los había perdido para siempre, y doblaba el paso poseído de cierto terror en que acaso la superstición entraba por mucho.

Porque en vano quisiera uno defenderse de ella; estas moradas siniestras, consagradas a un culto más siniestro todavía, obran un tanto sobre la imaginación y desafiaría al cerebro más calmoso y más frío a que se conservase allí largo tiempo en un estado de perfecta salud. Estos pequeños miedos fantásticos, si así puedo llamarlos, no dejan de tener su atractivo; y son, sin embargo, lo suficientes reales para que sea necesario combatirlos en uno mismo. Confieso que no he atravesado ninguna vez el claustro al anochecer sin una cierta emoción mezclada de angustia y de placer que no dejaba que translucieran mis hijos, por temor de hacérsela compartir. Y, sin embargo, no parecían dispuestos a ello pues corrían al claro de la luna bajo los arcos rotos que verdaderamente parecían convocar el aquelarre. Les he conducido varias veces, cerca de media noche, al cementerio.

Sin embargo, después que hubimos encontrado un viejo alto que se paseaba muchas veces en las tinieblas, ya no les dejé salir solos una vez anochecido. Era un antiguo servidor o cliente de la comunidad, a quien el vino y la devoción hacían perder a menudo la cabeza. Cuando estaba borracho, venía a divagar por los claustros, a golpear las puerta» de las celdas desiertas con un báculo de peregrino, al que llevaba suspendido un largo rosario, llamando a los monjes en sus declamaciones avinadas y orando con voz lúgubre ante las capillas. Como viese salir un poco de luz de nuestra celda, allí era sobre todo donde venia a rondar, profiriendo amenazas y juramentos espantosos.

Entraba en casa de la María Antonia, a la que infundía gran miedo, y, haciéndole largos sermones entrecortados por cínicos improperios se instalaba al lado de su brasero hasta que el sacristán venía a arrancarle de allí a fuerza de halagos y de artificios, pues el sacristán no era muy valiente y temía enemistarse con él. Entonces nuestro hombre venía a llamar a nuestra puerta a horas desusadas, y cuando se fatigaba de llamar inútilmente al padre Nicolás, que era su idea fija, se dejaba caer a los pies de la Virgen, cuyo nicho estaba situado a algunos pasos de nuestra puerta, y se quedaba dormido, con su cuchillo abierto en una mano y su rosario en la otra.

El alboroto que movía no nos inquietaba gran cosa porque no era hombre de arrojarse de improviso sobre las gentes. Como se anunciaba de lejos por sus exclamaciones entrecortadas y el ruido de su bastón sobre el pavimento, había tiempo de emprender la retirada ante ese animal salvaje, y la doble puerta de encina de nuestra celda hubiera podido sostener un sitio mucho más formidable; pero ese asalto obstinado mientras teníamos un enfermo extenuado al que disputaba algunas horas de reposo, no resultaba siempre cómico. Era preciso sufrirlo con mucha calma, pues con seguridad, no hubiéramos recibido protección alguna de las autoridades del lugar; nosotros no íbamos a misa, y nuestro enemigo era un santo varón que no faltaba a ninguna.

Una noche tuvimos una alarma y una aparición de otro género que no olvidaré jamás. Fue al principio un ruido inexplicable, que sólo podría comparar a miles de sacos de nueces que rodasen continuamente sobre un empedrado. Nos apresuramos a salir al claustro para ver lo que podía ser. El claustro estaba desierto y oscuro como de ordinario; pero el ruido se aproximaba siempre sin interrupción, y bien pronto una débil claridad iluminó la vasta profundidad de las bóvedas. Poco a poco las llenó de luz el fuego de multitud de antorchas, y vimos aparecer en medio del vapor rojo que esparcían, un batallón de seres abominables a Dios y a los hombres. Era nada menos que Lucifer en persona, acompañado de toda su corte, un señor diablo todo negro, con cuernos y cara color de sangre y en torno de él un enjambre de diablillos con cabezas de ave, colas de caballo, oropeles de todos colores, y de diablos o pastoras con vestidos blancos o rosados que tenían el aspecto de ser arrebatadas por esos feos gnomos. Después de las confesiones que acabo de hacer puedo asegurar que durante uno o dos minutos, y aún algún tiempo después de haber comprendido lo que era aquello, me fue necesario un cierto esfuerzo de voluntad para sostener mi lámpara elevada al nivel de esta fea mascarada, a la cual, la hora, el sitio y la claridad de las antorchas daban una apariencia verdaderamente sobrenatural.

Eran gentes de la villa, ricos labradores y semiburgueses que festejaban el martes de carnaval y venían a establecer su baile rústico en la celda de María Antonia. El ruido extraño que acompañaba su marcha era el de las castañuelas, que muchos jóvenes, cubiertos con máscaras sucias y asquerosas, tañían al mismo tiempo y no con un ritmo cortado y medido como en España, sino con un redoble continuo semejante al del tambor batiendo marcha. Este ruido con que suelen acompañar sus danzas, es tan seco y tan áspero, que se necesita valor para soportarlo un cuarto de hora. Cuando se hallan en marcha de fiesta la interrumpen de golpe para cantar una coplita sobre una frase musical que vuelve a empezar siempre y parece no concluir jamás; después las castañuelas vuelven a su redoble, que dura tres o cuatro minutos. Nada más salvaje que esta manera de divertirse rompiéndose los tímpanos con el castañeteo de la madera. La frase musical, que no es nada en sí misma, toma un gran carácter lanzada así a largos intervalos, y por esas voces que también tienen un carácter muy particular. Aparecen veladas en su mayor estrépito y lánguidas en su mayor animación.

Me imagino que los árabes cantaban así, y M. Tastu, que ha hecho investigaciones en este sentido, ha llegado a convencerse de que los principales ritmos mallorquines, sus floreos favoritos, su manera, en una palabra, son de tipo y de tradición árabes.

Cuando todos estos diablos estuvieron cerca de nosotros nos rodearon con mucha dulzura y cortesía, pues los mallorquines nada tienen de huraño ni de hostil, por lo general, en sus maneras. El rey Belzebú se dignó dirigirme la palabra en castellano, y me dijo que era abogado. Después ensayó para darme aún más alta idea de su persona, hablarme en francés, y queriendo preguntarme si me divertía en la Cartuja, tradujo la palabra española cartuja por la francesa Cartuche lo que no dejaba de hacer un ligero contrasentido. Pero el diablo mallorquín no está obligado a hablar todas las lenguas.

Su danza no es más alegre que su canto. Les seguimos a la celda de María Antonia, que vimos decorada con linternitas de papel suspendidas de guirnaldas de yedra a través de la sala. Su orquesta, que constaba de una guitarra y un guitarrillo, de una especie de violín agudo y de tres o cuatro pares de castañuelas, empezó a tocar las jotas y los fandangos indígenas, que se parecen a los de España; pero cuyo ritmo es más original y cuyo movimiento es más atrevido todavía.

Esta fiesta se daba en honor de Rafael Torres, un rico terrateniente del país, que se había casado pocos días antes con una joven bastante guapa. El nuevo esposo, fue el único hombre condenado a bailar casi toda la velada frente por frente a cada una de las mujeres que iba a invitar por turno. Durante ese dúo toda la asamblea grave y silenciosa estaba sentada en el suelo acurrucada a la manera de los orientales y de los africanos, incluso el Alcalde, con su capa da monje y su gran bastón negro con puño de plata.

Los boleros mallorquines tienen la gravedad de los antepasados y carecen de esas gracias profanas que se admiran en Andalucía. Hombres y mujeres bailan con los brazos extendidos e inmóviles y los dedos van rodando con precipitación y continuidad sobre las castañuelas. El hermoso Rafael bailaba para descargo de su conciencia. Cuando hubo terminado su tarea, fuese a sentar a lo perro, como los otros; y los malignos de la vecindad vinieron a lucirse a su vez. Un jovenzuelo, delgado como una avispa, causó la admiración universal por la rigidez de sus movimientos y unos saltos sobre un mismo sitio que parecían conmociones galvánicas, sin iluminar su figura con el menor destello de alegría. Un labrador grueso, muy coquetón y muy pagado de si mismo, quiso extender la pierna y poner los brazos en jarras a la manera española; pero fue silbado, y bien lo merecía, pues era la más risible caricatura que pueda verse.

Este baile rústico nos hubiera cautivado largo tiempo sin el olor de aceite rancio y de ajo que exhalaban esos señores y esas damas, y que realmente se nos atragantaba. Los disfraces de carnaval tenían menos interés para nosotros que los vestidos indígenas; éstos son muy elegantes y muy graciosos. Las mujeres llevan una especie de toca blanca de blonda o de muselina llamada rebosillo, compuesta de dos piezas superpuestas, una que va ajustada a la cabeza un poco hacia atrás, pasando por debajo de la barba como una toca de religiosa, y que llaman *rebosillo en amunt*, y la otra flota en esclavina sobre los hombros y se llama *rebosillo en volant*; los cabellos, separados en bandas alisadas sobre la frente, se atan detrás para caer en una gruesa trenza, que saliendo del rebosillo, flota sobre el dorso y se vuelve a levantar sobre el costado, apoyándose en la cintura. En négligé de entre semana, la cabellera sin trenzar queda flotante sobre la espalda en *estofade*. El jubón es de merino o de seda negra descotado, con mangas cortas, y guarnecido encima del codo y sobre las costuras de la espalda de botones de metales preciosos y cadenas de plata pasadas en los botones con mucho gusto y riqueza. Tienen el talle fino y airoso, el pie muy pequeño y calzado con esmero los días festivos. Una simple lugareña tiene medias de encaje, zapatos de satén, una cadena de oro para el cuello y muchas brazas de cadena de plata alrededor de su talle y pendiente de la cintura. He visto muchas campesinas muy bien hechas, pocas bonitas; sus facciones eran regulares como las de las andaluzas; pero su fisonomía era más cándida y más dulce. En el pueblo de Sóller, donde yo no he estado, tienen las mujeres gran reputación de hermosura.

Los hombres que he visto no eran hermosos; pero lo parecían todos a primera vista, a causa del vestido que llevan, el cual les favorece. El que gastan los domingos se compone de un chaleco (guarda-pits) de tela de seda abigarrada recortado en forma de corazón y muy abierto sobre el pecho; así como la chaqueta negra (sayo) corta y ceñida al cuerpo como un jubón de mujer. Una camisa de un blanco magnifico cerrada en el cuello y en las mangas por una pieza bordada deja el cuello libre y descubre una pechera de hermoso lienzo, lo que comunica siempre gran lustre al avío personal. Llevan la cintura envuelta por una banda de tela colorada y gastan anchos calzones bombachos como los turcos, de telas rayadas de seda y algodón, fabricadas en el país. Con este traje llevan medias de hilo blanco, negro o leonado y zapatos de piel de ternera sin aprestar y sin teñir. El sombrero de anchas alas, de pelo de gato salvaje (moxlna) con cordones y bellotas negras formados de hilos de seda y de oro, perjudica el carácter oriental de este vestido.

Para dentro de casa, arrollan alrededor de su cabeza un pañuelo de seda o de percal a manera de turbante, que les sienta mucho mejor. En invierno usan con frecuencia un birrete de lana negra que cubre su tonsura, pues ellos se afeitan como los curas la parte superior de la cabeza, sea como medida de aseo, ¡y Dios sabe que esto no les sirve para gran cosa! sea por devoción. Su vigorosa cabellera ahuecada, ruda y rizada, flota, pues, (tanto como las crines pueden flotar), alrededor de su cuello. Un golpe de tijeras sobre la frente completa esta cabellera, cortada exactamente a la moda de la edad media y que comunica energía a todas las figuras.

Su vestido de campo, más descuidado que el anterior, es más pintoresco todavía. Llevan las piernas desnudas o cubiertas por polainas de cuero amarillo hasta las rodillas, según la estación. Cuando hace calor, no llevan más vestido que la camisa y el calzón foliado [bombacho]. En invierno se abrigan con una capa gris que tiene aire de hábito de monje o con una gran piel de cabra africana con el pelo hacia fuera. Cuando marchan en grupos con estas pieles leonadas atravesadas por una raya negra sobre el dorso, y que caen de la cabeza a los pies, se les tomaría con facilidad por un rebaño que anduviese sobre los pies traseros. Casi siempre, cuando van al campo o cuando regresan, uno de ellos marcha a la cabeza tocando la guitarra, o la flauta y los demás le siguen en silencio, amoldándose a su paso y bajando la nariz con un aire lleno de inocencia y de estupidez. No les falta, sin embargo, perspicacia, y muy tonto seria el que se fiara de su cara bonachona.

Son generalmente altos, y su vestido, que parece adelgazarlos, los hace más altos todavía. Su cuello, siempre expuesto al aire, es bello y vigoroso; su pecho, libre de chalecos estrechos y de tirantes, está libre y bien desarrollado; pero casi todos tienen las piernas arqueadas.

Hemos creído observar que los viejos y los hombres de edad madura eran, sino hermosos en sus rasgos, por lo menos graves y de tipo noblemente acentuado. Aquellos se parecen todos a los monjes. La generación joven nos ha parecido común y de un tipo picaresco, que rompe de un golpe la filiación. ¿Habrán cesado los monjes de intervenir en la intimidad doméstica de unos veinte años acá?

–Esto no es más que una broma de viaje.

XIV

He indicado más arriba que deseaba sorprender el secreto de la vida monástica en estos lugares donde su huella era todavía tan reciente. No quiero decir con esto que esperase descubrir hechos misteriosos relativos a la Cartuja en particular; pero pedía a estos muros abandonados que me revelasen el pensamiento íntimo de los silenciosos reclusos a quienes habían separado, durante siglos de la vida humana. Hubiera querido seguir el hilo adelgazado o roto de la fe cristiana en esas almas arrojadas allí por cada generación como un holocausto a ese Dios celoso, que tenía necesidad de víctimas humanas, lo mismo que los dioses bárbaros. Hubiera querido, en fin, reanimar un cartujo del siglo XV y uno del siglo XIX para comparar entre sí esos dos católicos separados en su fe, sin saberlo, por abismos, y preguntar a cada uno lo que pensaba del otro.

Me parecía que la vida del primero era bastante fácil de reconstruir con verosimilitud en mi pensamiento. Vería este cristiano de la edad media, en una sola pieza, ferviente, sincero, con el corazón destrozado por el espectáculo de las guerras, de las discordias y de los sufrimientos de sus contemporáneos, huyendo de ese abismo de males para buscar en la contemplación ascética la abstracción y la separación en cuanto fuera posible de una vida donde la noción de la perfectibilidad de las masas no era en modo alguno accesible a los individuos. Pero el cartujo del siglo XIX, cerrando los ojos a la marcha, que ha venido a ser sensible y clara, de la humanidad, indiferente a la vida de los otros hombres, no comprendiendo ya ni la religión, ni el papa, ni la iglesia, ni la sociedad, ni a si mismo, y no viendo en su Cartuja más que una habitación espaciosa, agradable y segura, en su vocación más que una existencia asegurada, la impunidad otorgada a sus instintos y un medio de obtener, sin mérito individual, la deferencia y la consideración de los devotos, de los campesinos y de las mujeres, a éste no podía representármelo tan fácilmente.

No podía hacer una apreciación exacta de lo que debiera de haber tenido de remordimientos, de ceguedad de hipocresía o de sinceridad. Es imposible que hubiera habido dentro de este hombre una fe real en la iglesia romana, a menos que hubiese estado desprovisto en absoluto de inteligencia. Era imposible también que hubiera tenido un ateísmo pronunciado, porque su vida entera habría sido una odiosa mentira, y yo no sabría imaginar a un hombre completamente estúpido o completamente vil.

Esa imagen de sus combates interiores, de sus alternativas de rebelión y de sumisión, de duda filosófica y de terror supersticioso, la tenía ante mis ojos como un infierno; y cuanto más me identificaba con este último cartujo, que había habitado mi celda antes que yo, tanto más sentía pesar sobre mi herida imaginación esas angustias y esas agitaciones que le atribuía.

Bastaba echar una ojeada sobre los antiguos claustros y sobre la Cartuja moderna para seguir el curso de las necesidades de bienestar, de salubridad y aun de elegancia que se habían introducido en la vida de estos anacoretas, pero también para señalar el relajamiento de las costumbres cenobíticas, del espíritu de mortificación y de penitencia. Mientras que todas las antiguas celdas eran sombrías, mal cerradas y estrechas, las nuevas eran claras, aireadas y bien construidas. Haré la descripción de la que nosotros habitábamos, para dar idea de la austeridad de la regla de los cartujos, aun eludida y endulzada tanto como fuera posible.

Las tres piezas que la componían eran espaciosas, abovedadas con elegancia y ventiladas por el fondo con claraboyas acristaladas, todas distintas y de un hermoso dibujo. Estas tres piezas estaban separadas del claustro por un pasadizo oscuro y cerrado por una recia puerta de encina. El muro tenía tres pies de espesor. La pieza de en medio estaba destinada a la lectura, a la plegaria, a la meditación; tenía por todo mobiliario un ancho asiento con reclinatorio y dosel, de seis a ocho pies de alto, hundido y fijado en la pared. La pieza situada a la derecha de ésta, era el dormitorio del Cartujo; en el fondo estaba situada la alcoba, muy baja y enlosada como un sepulcro. La pieza de la izquierda era el taller de trabajo, el refectorio, el almacén del solitario. Un armario situado en el fondo tenia un compartimiento de madera que se abría sobre el claustro, formando una lumbrera por donde se introducían los alimentos. La cocina consistía en dos pequeñas hornillas situadas fuera de la habitación, pero no al aire libre, como hubiera debido ser siguiendo en absoluto la regla; una bóveda abierta por la parte del jardín protegía contra la lluvia el trabajo culinario del monje, y le permitía entregarse a esta ocupación un poco más de lo que hubiera deseado el fundador. Por otra parte, una chimenea introducida en esta tercera pieza anunciaba muchos otros relajamientos, aunque la ciencia del arquitecto no hubiera llegado hasta el punto de hacer esta chimenea practicable. Toda la pieza tenía hacia atrás, a la altura de las claraboyas, un largo callejón estrecho y sombrío destinado a ventilar la celda, y encima un granero para guardar el maíz, las cebollas, las habas y otras frugales provisiones de invierno. Al sur, las tres piezas se abrían sobre un parterre, cuya extensión era exactamente la de la celda, que estaba separado de los jardines vecinos por tapias de diez pies de altura y se apoyaba sobre una terraza fuertemente construida encima de un pequeño huerto de naranjos que ocupaban este escalón de la montaña. El escalón inferior estaba cubierto por un hermoso emparrado, el tercero por almendros y palmeras, y así sucesivamente hasta el fondo del valle, que, como ya he dicho, era un inmenso jardín. Cada parterre de celda tenía en su longitud a la derecha un depósito de piedra labrada de tres a cuatro pies de anchura y otros tantos de profundidad, que recibía, por canales abiertos en la balaustrada de la terraza, las aguas de la montaña, y las vertía en el parterre por una cruz de piedra que le dividía en cuatro cuadrados iguales. No he comprendido jamás semejante provisión de agua para apagar la sed de un solo hombre, ni un lujo tal de irrigación para un parterre de veinte pies de diámetro. Si no conociéramos el horror especial que profesaban los monjes al baño y la sobriedad de las costumbres mallorquinas desde este punto de vista, se podría creer que esos buenos cartujos pasaban su vida en abluciones, como sacerdotes indios.

En cuanto a este parterre plantado de granados, de limoneros y de naranjos, rodeado de caminales elevados sobre el suelo, hechos con ladrillos y sombreados, lo mismo que el depósito, con enramadas olorosas, semejaba un hermoso salón de flores y de verdura, donde el monje podía pasearse a pie enjuto los días húmedos, y refrescar sus céspedes, inundándolos de agua corriente, los días calurosos; respirar al borde de una bella terraza el perfume de los naranjos, cuya espesa copa llevaba a su vista una cúpula resplandeciente de flores y de frutos, y contemplar, en absoluto reposo, el paisaje a la vez gracioso y austero, melancólico y grandioso de que ya he hablado; en fin, cultivar, para la voluptuosidad de la vista, flores raras y preciosas; coger, para apagar su sed los frutos más sabrosos, escuchar los ruidos sublimes del mar; contemplar el esplendor de las noches de estio bajo el más hermoso cielo y adorar al Eterno en el templo más hermoso que jamás haya abierto el hombre en el seno de la naturaleza. Tales me parecieron, al primer golpe de vista, los inefables goces de los cartujos; tales me los prometía a mi mismo al instalarme en una de esas celdas que parecían haber sido dispuestas para satisfacer los magníficos caprichos de imaginación o de ensueño de una escogida falange de poetas y de artistas.

Pero cuando uno se representa la existencia de un hombre sin inteligencia y por consiguiente sin ensueños y sin meditación, quizá sin fe, es decir, sin entusiasmo y sin recogimiento, enterrada en esta celda de gruesas paredes, mudas y sordas, sometida a las embrutecedoras privaciones de la regla y forzada a observar su letra sin comprender su espíritu, condenada al horror de la soledad, reducida a no percibir sino de lejos, desde lo alto de las montañas, a la especie humana arrastrándose por el fondo del valle, a permanecer eternamente extraña a algunas otras almas cautivas entregadas al mismo silencio, encerradas en la misma tumba, siempre vecina y siempre separada aún en la plegaria; en fin, cuando uno se siente a si mismo, ser libre y pensante, conducido por simpatía a ciertos terrores y a ciertos decaimientos, todo esto se vuelve triste y sombrío como una vida de no ser, de error y de impotencia.

Entonces se comprende el fastidio inconmensurable de ese monje para quien la naturaleza ha agotado sus más bellos espectáculos y que no goza de ellos, porque no tiene otro hombre con quien compartir sus goces; la tristeza brutal de este penitente que no sufre más que por el frío y por el calor, como un animal, como una planta; y el enfriamiento mortal de ese cristiano en quien nada reanima ni vivífica, el espíritu de ascetismo.

Condenado a comer solo, a trabajar solo, a sufrir y a rezar solo, no debe ya tener más que una necesidad, la de escapar a esa espantosa clausura; y se me ha dicho que los últimos cartujos eran ya tan poco escrupulosos, que algunos de ellos se ausentaban semanas y meses enteros sin que fuera posible al prior volver a hacerles entrar en la orden.

Temo mucho haber hecho una larga y minuciosa descripción de nuestra Cartuja sin haber dado la menor idea de cuanto tuvo de encantador para nosotros al principio y de cuanto perdió en poesía cuando la hubimos interrogado bien. He cedido, como hago siempre, al ascendiente de mis recuerdos, y ahora que he procurado comunicar mis impresiones, me pregunto por qué no he podido decir en veinte lineas lo que he dicho en veinte páginas, a saber, «que el reposo indiferente del espíritu y todo lo que lo provoca, parecen deliciosos a un alma fatigada; pero que con la reflexión se desvanece este encanto». Solo al genio es dado trazar con un solo rasgo de pincel una viva y completa pintura. Cuando M. Lamennais visitó los camaldulenses de Tívoli tuvo el mismo sentimiento y lo expresó magistralmente.

«Llegamos, dice, a la hora del rezo común. Nos parecieron todos de edad bastante avanzada y de una estatura más que mediana. En hileras, a ambos lados de la nave, permanecieron, después del oficio, de rodillas, inmóviles, en profunda meditación. Se hubiera dicho que no eran ya de la tierra; su cabeza calva se doblaba bajo otros pensamientos y otros cuidados; ningún movimiento, ningún signo exterior de vida; envueltos en su larga vestidura blanca se parecían a esas estatuas que rezan sobre las viejas tumbas.

«Concebimos muy bien la clase de atracción que tiene para ciertas almas fatigadas del mundo y desengañadas de sus ilusiones esta existencia solitaria. ¿Quién no ha aspirado alguna vez a algo semejante? ¿Quién más de una vez no ha vuelto sus miradas hacia el desierto y soñado él reposo en un rincón de la selva o en la gruta de la montaña, cerca de la fuente ignorada donde apagan su sed las aves del cielo?

«Sin embargo, no es tal el verdadero destino del hombre; él ha nacido para la acción; él tiene su tarea que debe cumplir. ¿Qué importa que sea ruda? ¿No está acaso dirigida al amor? (*Negocios de Roma*)».

Esta corta página, tan llena de imágenes de aspiraciones, de ideas y reflexiones profundas, arrojada como al descuido en medio del relato de las explicaciones de M. Lamennais con la Santa Sede, me ha impresionado siempre, y estoy seguro de que un día ofrecerá a algún gran pintor asunto para un cuadro. De un lado, los camaldulenses en oración, monjes oscuros, apacibles, para siempre inútiles, para siempre impotentes, espectros agobiados, últimas manifestaciones de un culto próximo a volver a entrar en la noche del pasado, arrodillados sobre la piedra de la tumba, fríos y tristes como ella, del otro, el hombre del porvenir, el último sacerdote animado de la última chispa del genio de la Iglesia; meditando sobre la suerte de estos monjes, mirándoles como artista, juzgándoles como filósofo. Aquí, los levitas de la muerte, inmóviles bajo sus sudarios; allá, el apóstol de la vida, viajero infatigable en los campos infinitos del pensamiento, dando ya un último adiós simpático a la poesía del claustro y sacudiendo de sus pies el polvo de la ciudad pontificia para lanzarse en la vía santa de la libertad moral.

No he recogido más hechos históricos referentes a mi Cartuja, que el de la predicación de San Vicente Ferrer en Valldemosa, y también es a M. Tastu a quien debo su relación exacta. Esta predicación fue el gran acontecimiento de Mallorca en 1413, y no carece de interés conocer con qué ardor era deseado un misionero en aquel tiempo y con qué solemnidad se le recibía.

Desde el año 1409 los mallorquines reunidos en gran asamblea decidieron escribir al maestro Vicente Ferrer para decidirle a que viniese a predicar en Mallorca. El obispo de Mallorca Luís de Prades, camarlengo del Papa Benedicto XIII (el antipapa Pedro de Luna) fue quien escribió en 1412 una unta a los jurados de Valencia implorando la asistencia apostólica del maestro Vicente, y quien el siguiente año, le esperó en Barcelona y se embarcó con él para Palma. Desde el día siguiente al de su llegada, el santo misionero empezó sus predicaciones y ordenó procesiones nocturnas. Reinaba en la isla la mayor sequía, pero al tercer sermón del maestro Vicente, empezó a llover. Estos detalles fueron remitidos al rey Fernando por su procurador real don Pedro de Casaldáguila:

Muy alto, muy excelente príncipe y victorioso señor: tengo el honor de anunciaros que el maestro Vicente ha llegado a esta ciudad el día 1º de Septiembre y ha sido recibido solemnemente. El sábado por la mañana ha empezado a predicar delante de una inmensa multitud, que le escucha con tanta devoción que todas las noches salen procesiones en las que se ven hombres, mujeres y niños disciplinarse. Y como desde hace tiempo no había llovido, el Señor Dios, conmovido por las plegarias de los niños y del pueblo, ha querido que este reino, que agonizaba de sequía, viese caer, desde el tercer sermón, una abundante lluvia sobre toda la isla, lo cual ha regocijado mucho a los habitantes.

Que Nuestro Señor Dios os ayude largos años, muy victorioso señor, y ensalce vuestra real corona.

Mallorca, 11 de Septiembre de 1413.

La muchedumbre que quería oír al santo misionero crecía de tal modo, que, no pudiendo contenerse en la vasta iglesia del convento de Santo Domingo, se vieron obligados a cederle el inmenso jardín del convento, levantando tablados y derribando paredes.

Hasta el 3 de Octubre, predicó Vicente Ferrer en Palma, de donde partió para visitar la isla. Su primera estación fue Valldemosa, en el monasterio que debía recibirle y alojarle y que sin duda había escogido en consideración a su hermano Bonifacio, general de la orden de los cartujos. El prior de Valldemosa había venido a Palma para recogerle y viajaba con él. En Valldemosa, más aún que en Palma, la iglesia fue demasiado pequeña para contener la ávida multitud.

He aquí lo que refieren los cronistas.

La villa de Valldemosa guarda memoria del tiempo en que San Vicente Ferrer sembró allí la divina palabra. En el término de dicha villa se encuentra una propiedad llamada Son Gual. Allí se encaminó el misionero seguido de una infinita muchedumbre. El terreno era vasto y llano; el tronco hueco de un antiguo e inmenso olivo le sirvió de púlpito. Mientras que el santo predicaba puesto en lo alto del olivo, la lluvia se puso a caer en abundancia. El demonio, promotor de los vientos, del relámpago y del trueno, parecía querer obligar a los oyentes a que dejaran su puesto y buscaran Un abrigo, lo que ya algunos hacían, cuando Vicente les recomendó que no se movieran; se puso en oración, y al instante se extendió una nube, como un dosel, sobre el santo y sobre el auditorio, mientras que los que habían quedado trabajando en el campo vecino se vieron forzados a dejar su labor.

El viejo tronco existía aún no hace un siglo, pues nuestros antepasados lo habían conservado religiosamente. Después, habiendo los herederos de la propiedad de Son Gual dejado de ocuparse de este objeto sagrado, su recuerdo se borró.

Pero Dios no quiso que la cátedra rústica de San Vicente quedase para siempre perdida. Unos criados del predio, que deseaban proveerse de leña, vieron aquel olivo y se propusieron astillarlo; pero a los primeros golpes se rompieron las herramientas y como la noticia llegase a los oídos de los ancianos, se creyó en un milagro, y el sagrado olivo quedó intacto. Aconteció más tarde que este árbol se dividió en treinta y cuatro fragmentos; y, aunque estuviesen a la entrada de la villa, nadie se atrevió a llevarse ninguno, respetándolos como una reliquia.

E1 santo predicador, siguiendo su ruta, iba predicando hasta en las menores aldeas, sanando el cuerpo y el alma de los infelices. El agua de una fuente que corre en los alrededores de Valldemosa era el único remedio prescrito por el santo. Este manantial es conocido todavía bajo el nombre de Sa bassa Ferrera.

San Vicente pasó seis meses en la isla, de donde fue llamado por Fernando, Rey de Aragón, para ayudarle a extinguir el cisma que desolaba el Occidente. El santo misionero se despidió de los mallorquines en un sermón que predicó el 22 de Febrero de 1414 en la catedral de Palma, y después de haber dado la bendición a su auditorio, partió para embarcarse acompañado de los jurados, de la nobleza y de la multitud del pueblo, obrando muchos milagros, como lo refieren los cronistas y como ha perpetuado la tradición hasta hoy en las islas Baleares.

Esta relación, que haría sonreír a la señorita Fanny Elssler, da lugar a una observación de M. Tastu, curiosa desde dos puntos de vista; el primero, porque explica muy naturalmente uno de los milagros de San Vicente Ferrer; el segundo, porque confirma un hecho importante en la historia de las lenguas.

He aquí esta nota:

Vicente Ferrer escribía los sermones en latín y los pronunciaba en lengua lemosina. Se ha mirado como un milagro esta facultad del santo predicador, lo cual hacía que fuese comprendido por su auditorio aunque le hablase un idioma extraño. Nada hay, sin embargo, más natural, si se retrocede al tiempo en que floreció el maestro Vicente. En aquella época, la lengua romance de las tres grandes comarcas, del norte, del centro y del mediodía era, a poca diferencia, la misma. Los pueblos y los literatos, sobre todo, se entendían muy bien. El maestro Vicente tuvo éxitos en Inglaterra, en Escocia, en Irlanda, en París, en Bretaña, en Italia, en España, en las islas Baleares y era que en todas estas comarcas se comprendía, si es que no se hablase, una lengua romance, hermana, parienta o aliada de la lengua valenciana, la materna de Vicente Ferrer.

Y, por otra parte, el célebre misionero, ¿no era contemporáneo del poeta Chaucer, de Juan Froissarf, de Cristina de Pisan, de Bocaccio, de Ausias March y de tantas otras celebridades europeas?

XV

No puedo continuar mi narración sin acabar de compulsar los anales devotos de Valldemosa, pues teniendo que hablar de la piedad fanática de los lugareños con quienes estuvimos relacionados, debo hacer mención de la santa de que se enorgullecen y de la que nos han enseñado la casa rústica.

Valldemosa es también la patria de Catalina Thomás, beatificada en 1782 por el papa Pío VI. La vida de esta santa ha sido escrita muchas veces y últimamente por el cardenal Antonio Despuig y ofrece muchos rasgos de una graciosa ingenuidad. Dios, dice la leyenda, habiendo favorecido a su sirvienta con una razón precoz, se la vio observar rigurosamente los días de ayuno mucho antes de llegar a la edad en que la Iglesia los prescribe. Desde sus primeros años se abstuvo de hacer más que una comida diaria. Era devota tan ferviente de la pasión del Redentor y de los Dolores de su Santa Madre, que en sus paseos recitaba continuamente el rosario, sirviéndose, para contar las decenas, de las hojas de los olivos o de los lentiscos. Su vocación al retiro y a los ejercicios religiosos, su alejamiento de los bailes y de las diversiones profanas, le habían granjeado el apodo de la viejecita. Pero su soledad y su abstinencia eran recompensadas por las visitas de los ángeles y de toda la corte celestial: Jesucristo, su madre y los santos se hacían sus criados; María la cuidaba en sus enfermedades; san Bruno la levantaba en sus caidas; san Antonio la acompañaba en la oscuridad de la noche, llevándole y llenando su cántaro en la fuente; santa Catalina, su patrona, le componía sus cabellos y la cuidaba en todo como hubiera hecho una madre atenta y vigilante; san Cosme y san Damián curaban las heridas que había recibido en sus luchas con el demonio, pues su victoria no se obtenía sin combate; en fin, san Pedro y san Pablo estaban a su lado para asistirla y defenderla en sus tentaciones.

Abrazó la regla de san Agustín en el monasterio de santa Magdalena de Palma y fue el ejemplo de las penitentes, y como lo canta la Iglesia en sus plegarias, obediente, pobre, casta y humilde. Sus historiadores le atribuyen el espíritu de profecía y el don de obrar milagros. Refieren que mientras se estaban haciendo en Mallorca rogativas públicas para la salud del papa Pío V, un día Catalina las interrumpió de repente diciendo que ya no eran necesarias, puesto que aquella misma hora el pontífice acababa de dejar el mundo, lo que después fue comprobado.

Murió el 5 de Abril de 1574 pronunciando estas palabras de psalmista: Señor, pongo mi espíritu en vuestras manos.

Su muerte fue mirada como una calamidad pública y se le tributaron los más grandes honores. Una dama piadosa de Mallorca, doña Juana de Pochs, reemplazó el sepulcro de madera en que había sido depositada la santa al morir, por otro de alabastro magnifico, encargado a Genova; instituyó además por su testamento una misa para el dia de la translación de la bienaventurada y otra para el dia de santa Catalina su patrona; quiso que una lámpara ardiera perpetuamente sobre su tumba. El cuerpo de esta santa se conserva hoy en el convento de religiosas de la parroquia de santa Eulalia, donde el Cardenal Despuig le ha consagrado un altar y un servicio religioso. (Notas de M. Tastu).

He referido con complacencia toda esta breve leyenda, porque no entra en mis ideas negar la santidad, quiero decir, la santidad verdadera y de buena ley de las almas fervorosas. Aunque el entusiasmo y las visiones de la pequeña montañesa de Valldemosa no tengan el mismo sentido religioso y el mismo valor filosófico que las inspiraciones y los éxtasis de los santos del buen tiempo cristiano, la *viejecita Tomasa* no deja de ser por esto una prima hermana de la poética pastora santa Genoveva y de la pastora sublimé Juana de Arco.

En ningún tiempo la iglesia romana ha rehusado señalar sitios de honor en el reino de los cielos a los más humildes hijos del pueblo; pero han llegado tiempos en que condena y rechaza los apóstoles que quieren agrandar el sitio del pueblo en el reino de la tierra. La *pagesa* Catalina era obediente, pobre, casta y humilde; los *pagesos* valldemosines se han aprovechado tan poco de sus ejemplos y comprendido tan poco su vida, que quisieron un día apedrear a mis niños porque mi hijo dibujaba las ruinas del convento, lo cual les pareció una profanación. Hacían como la iglesia, que con una mano encendía las hogueras del auto de fe y con la otra incensaba la efigie de sus santos y de sus bienaventurados.

Este pueblo de Valldemosa, que se envanece de llamarse villa desde el tiempo de los árabes , está situado en la falda de la montaña al mismo nivel que la Cartuja, de la que parece ser un anejo. Es un montón de nidos de golondrinas de mar; está en un sitio casi inaccesible y sus habitantes son pescadores en su mayor parte que salen a su faena por la mañana para no volver hasta la noche. Durante todo el día, la villa está llena de mujeres, las más charlatanas del mundo, que se ven en el umbral de las puertas ocupadas en remendar las redes o los calzones de sus maridos, cantando sin parar. Son tan devotas como los hombres; pero su devoción es menos intolerante, porque es más sincera. Es una superioridad que tienen, allí como en todas partes, sobre el otro sexo. En general, el apego de las mujeres a las prácticas del culto es efecto del entusiasmo, de la costumbre o de la convicción, mientras que entre los hombres es, casi siempre, efecto de la ambición o del interés. Francia ha ofrecido de ello una prueba plena bajo los reinados de Luís XVIII y de Carlos X; en cuyos tiempos se compraban los grandes y los pequeños empleos de la administración y del ejército, con una cédula de confesión o con una misa.

El apego de los mallorquines a los frailes está fundado en motivos de avaricia; y no podré hacerlo comprender de mejor modo que citando la opinión del Sr. Marliani, opinión tanto más digna de confianza cuanto que, en general, el historiador de la España moderna se muestra opuesto a la medida de 1836 relativa a la expulsión súbita de los frailes.

–Propietarios benévolos, dice, y poco cuidadosos de su fortuna, habían creado intereses verdaderos, entre ellos y los campesinos; los colonos que trabajaban los bienes de los conventos no experimentaban grandes rigores en lo que se refería al pago de la cuota y a la regularidad de sus arrendamientos. Los frailes, sin porvenir, no atesoraban, y desde el momento en que los bienes que poseían bastaban para las exigencias de la existencia material de cada uno de ellos, se mostraban muy complacientes para todo lo restante. La brusca expoliación de los frailes hería, pues, los cálculos de holgazanería y egoísmo de los campesinos, que comprendieron en seguida que el gobierno y el nuevo propietario serian más exigentes que una corporación de parásitos sin intereses de familia ni de sociedad. Los mendigos que acudían a las puertas del refectorio no recibieron ya los restos de aquellos ociosos repletos.

El carlismo de los campesinos de Mallorca no puede explicarse sino por razones materiales; pues es imposible, por otra parte, ver una provincia menos ligada a España por sentimiento patriótico, ni una población menos dispuesta a la exaltación política. Sin embargo de los votos secretos que hacían para la restauración de las antiguas costumbres, les asustaba todo nuevo trastorno, fuese el que fuese, y el supuesto motín que había hecho poner la isla en estado de sitio en la época en que permanecimos allí, no había asustado menos a los partidarios de D. Carlos en Mallorca que a los defensores de la reina Isabel. Esta alarma es uh hecho que pinta bastante bien, no diré la cobardía de los mallorquines (les creo muy capaces de ser buenos soldados), pero sí las ansiedades producidas por los cuidados de la propiedad y por el egoísmo del reposo.

* * * * * *

Un anciano sacerdote soñó una noche que su casa era invadida por ladrones, se levanta azorado, bajo la impresión de esta pesadilla, despertando a su sirvienta; ésta participa del terror de su amo, y, sin saber de qué se trata, despierta al vecindario con sus gritos; el miedo se esparce por toda la aldea y de allí por toda la isla. La noticia del desembarco del ejército carlista se apodera de todos los cerebros, y el capitán general recibe declaración al sacerdote, que, sea por vergüenza de desdecirse, sea por delirio do un espíritu aterrorizado, afirma que ha visto a los carlistas. Sin perder momento, se tomaron las medidas necesarias para hacer frente al peligro. Palma fue declarada en estado de sitio y todas las fuerzas militares de la isla fueron puestas en pié de guerra.

Y no obstante de ello, nada pareció, ninguna zarza se movió, ninguna huella de pie extranjero se imprimió sobre la arena de la orilla, como en la isla de Robinson. La autoridad castigó al pobre cura por haberla puesto en ridículo, y en vez de enviarle a paseo como un visionario, le envió a la cárcel como un sedicioso. Pero las medidas de precaución no fueron revocadas, y cuando abandonamos a Mallorca, en la época de las ejecuciones de Maroto, el estado de sitio duraba todavía.

Nada más extraño que la especie de misterio que los mallorquines parecían querer hacerse los unos a los otros de los acontecimientos que trastornaban entonces la faz de España. Nadie hablaba de ellos, a no ser en familia y en voz baja, En un país donde no hay realmente ni maldad, ni tiranía, es inconcebible ver reinar una desconfianza tan recelosa. No he visto nada tan divertido como los artículos del diario de Palma, y siempre he lamentado no haber traído algunos números, como muestra de la polémica mallorquína. Pero he aquí, sin exageración, la forma en que, después de haber dado cuenta de los hechos, se comentaba su sentido y su autenticidad:

Por más probados que puedan parecer estos acontecimientos a los ojos de las personas dispuestas a acogerlos nunca recomendaremos bastante a nuestros lectores que esperen su desenvolvimiento antes de juzgarlos. Las reflexiones que se presentan al espíritu en presencia de semejantes hechos merecen ser maduradas en espera de una certeza que no queremos poner en duda, pero que tampoco queremos apresurar con imprudentes aserciones. Los destinos de España se hallan envueltos en un velo que no tardará en ser levantado; pero sobre el que nadie debe poner su mano imprudente antes de tiempo. Nos abstendremos hasta entonces de emitir nuestra opinión y aconsejamos a todos los espíritus sensatos que no se pronuncien sobre los actos de los diversos partidos antes de haber visto dibujarse la situación con más limpieza, etc.

La prudencia y la reserva son, por confesión propia de los mallorquines, la tendencia dominante de su carácter. Los campesinos nunca os encuentran en el campo sin cambiar con vosotros un saludo; pero si queréis trabar conversación con ellos sin conocerles se guardarán muy bien de responderos, aunque les habléis en su lengua vulgar. Basta que tengáis aire de extranjero para que os teman y se aparten del camino para evitar vuestro encuentro.

Nosotros, sin embargo, hubiéramos podido vivir en buena inteligencia con estas honradas gentes, si hubiésemos hecho acto de presencia en su iglesia. No nos hubieran desollado menos en todas ocasiones; pero habríamos podido pasearnos por en medio de sus campos sin exponernos a ser alcanzados por alguna pedrada en la cabeza a la vuelta de un matorral. Desgraciadamente este acto de prudencia no se nos ocurrió al principio, y permanecimos casi hasta el fin sin saber cuanto les escandalizaba nuestra manera de obrar. Nos llamaban paganos, mahometanos y judíos, lo que, según ellos, es lo peor que hay que ser. El alcalde nos señalaba a la desaprobación de sus administrados; no sé si el párroco nos tomaba por tema de sus sermones.

La blusa y el pantalón de mi hija les escandalizaban mucho también. Veían con malos ojos que una joven de nueve años corriese por las montañas disfrazada de hombre. Y no eran los campesinos solamente los que afectaban esta gazmoñería.

El domingo, el toque de bocina que resonaba en la villa y en los caminos para avisar a los descuidados que era hora de ir a los oficios, nos perseguía en vano en la Cartuja. Nosotros éramos sordos porque no lo comprendíamos y, cuando lo hubimos comprendido lo fuimos todavía más. Encontraron entonces un medio de vengar la gloria de Dios, medio que no era del todo cristiano. Se coaligaron entre sí para no vendernos pescado, huevos y verduras más que a precios exorbitantes. No nos fue permitido invocar tarifa alguna, ni uso alguno. A la menor observación: ¿No quiere V.?, decía el pagés con aire de grande de España, volviendo sus cebollas o sus patatas al fondo de su alforja, no tendrá V. Y se retiraba majestuosamente, sin que fuera posible hacerle volver para entrar en arreglo. Se nos hacia ayunar para castigarnos por haber regateado.

En efecto, era preciso ayunar. No había ni competencia, ni rebaja entre los vendedores. El que venia el segundo pedía el doble, el tercero el triple por manera que era preciso estar a merced de ellos, o hacer vida de anacoretas, más dispendiosa que lo hubiera sido en París una vida de príncipe. Teníamos el recurso de aprovisionarnos en Palma por intermedio del cocinero del cónsul, que fue nuestra providencia, y cuyo gorro de algodón pondría en el número de las constelaciones si yo fuera emperador romano. Pero los días de lluvia ningún traginero quería arriesgarse por aquellos caminos a ningún precio, y como llovió durante dos meses, tuvimos, a menudo, el pan duro como galleta y verdaderas comidas de cartujo.

Esta habría sido una contrariedad insignificante si todos hubiésemos disfrutado de salud. Yo soy fuerte, sobrio y aun estoico por naturaleza en lo que respecta a las comidas. El espléndido apetito de mis hijos hubiera sacado punta a todo palo y se hubiera regalado hasta con un limón verde. Mi hijo que había traído débil y enfermo, volvía a la vida como por milagro y curaba de una afección reumática de las más graves, corriendo desde muy de mañana como una liebre acosada, entre los matorrales de la montaña, mojado hasta la cintura. La Providencia permitía a la buena naturaleza que obrara estos prodigios con él; teníamos bastante con un enfermo.

Pero el otro, lejos de prosperar con el aire húmedo y las privaciones, se agravaba de una manera lastimosa. Aunque condenado por toda la facultad de Palma, no padecía ninguna afección crónica; pero la falla de régimen fortificante le había puesto, a consecuencia de un catarro, en un estado de languidez del que no podía levantarse. Se resignaba, como se sabe uno resignar para si mismo; pero nosotros no podíamos resignarnos para él, y experimenté por primera vez grandes disgustos por pequeñas contrariedades, cólera por un caldo picante o escamoteado por las sirvientas, ansiedad por un pan tierno que no llegaba o que se había convertido en esponja al atravesar el torrente sobre los lomos de un mulo. En verdad, no me acuerdo de lo que comí en Pisa o en Trieste; pero por más que viva cien años no olvidaré la llegada de la cesta de provisiones a la Cartuja. ¡Qué no hubiera yo dado para poder ofrecer todos los días a nuestro enfermo un buen caldo y un vaso de Burdeos! Los alimentos mallorquines, y, sobre todo, la manera de estar condimentados, cuando no poníamos sobre ellos el ojo y la mano, le causaban una invencible repugnancia. ¿Diré yo hasta qué punto ese disgusto era fundado? Un día en que se nos servía un pollo flaco, vimos agitarse sobre su humeante dorso enormes *maîtres Floh*, de que Hoffmann hubiera hecho otros tantos espíritus malignos, pero con seguridad no los hubiese comido en salsa. Mis hijos fueron presa de tal pasión de risa infantil que por poco se caen bajo la mesa.

La base de la cocina de Mallorca es invariablemente el cerdo bajo todas las formas y bajo todos los aspectos. Aquí es donde hubiera estado oportuno el dicho del saboyanito que para hacer el elogio de su bodegón, decía admirando a sus oyentes que allí se comían cinco especies de carnes, a saber: tocino, cerdo, lardo, jamón y saladillo. En Mallorca se confeccionan con el cerdo, con seguridad, más de dos mil especies de guisados y al menos doscientas especies de embutidos, sazonados con una tal profusión de ajo, de pimienta, de pimentón y especias corrosivas de todos géneros, que uno arriesga la vida a cada bocado.

Si veis aparecer sobre la mesa veinte platos que se parecen a toda suerte de guisos cristianos, no os fiéis de ellos sin embargo, son drogas infernales cocidas por el diablo en persona. Viene por fin a los postres una torta de pastelería de muy herniosa apariencia, con rebanadas de fruta que parecen naranjas azucaradas; es una torta de tocino al ajo, con rebanadas de tomátigas (tomates) y de pimiento, espolvoreadas con sal blanca, que tomaríais por azúcar, tal es su aire de inocencia. Abundan allí los pollos, pero sólo tienen la piel y los huesos. Si en Valldemosa hubiésemos tenido que adquirir alimento para engordarlos, por cada grano que nos hubiesen vendido nos hubieran exigido un real. El pescado que se nos traía del mar era tan mezquino y tan seco como los pollos.

Un día compramos un calamar de la grande especie, para tener el gusto de examinarlo. Jamás he visto animal más horrible. Su cuerpo era grande como el de un pavo, sus ojos del tamaño de naranjas, y sus brazos blanduchos y asquerosos, median desarrollados cuatro o cinco pies de largo. Los pescadores nos aseguraban que era un bocado exquisito; pero nosotros no nos dejamos seducir por su aspecto, y lo regalamos a la María Antonia, que lo aderezó y lo saboreó con delicia.

Si nuestra admiración por el calamar hizo sonreír a estas buenas gentes, también tuvimos ocasión de reírnos a nuestra vez de ellos, algunos días después. Descendiendo por la montaña vimos a los payeses que dejaban sus trabajos y se precipitaban hacia un grupo de gente parada en el camino, que llevaba en una cesta un par de aves admirables, extraordinarias, maravillosas, incomparables. Toda la población de la montaña se puso en conmoción al aparecer estos volátiles desconocidos.

–¿Qué comen estos animales? –se decían mirándolos; y algunos contestaban–: Puede ser que no coman nada.

–¿Viven en la tierra o en el mar?

–Probablemente viven siempre en el aire.

–En fin, las dos aves, que por poco fueron estrujadas por la admiración pública, cuando pudieron ser vistas por nosotros, comprobamos que no eran ni cóndores, ni aves fénix, ni hipogrifos, sino sencillamente dos lozanas ocas domésticas que un rico señor enviaba, como presente, a un amigo suyo.

En Mallorca, como en Venecia, los vinos licorosos son abundantes y exquisitos. Bebíamos de ordinario, un vino moscatel tan bueno y tan barato como el chipre que se bebe en el litoral del Adriático. Pero los vinos tintos, cuya elaboración es un verdadero arte desconocido de los mallorquines, son duros, negros, ardientes, cargados de alcohol y resultan a un precio más elevado que nuestro vino ordinario en Francia. Todos estos vinos calientes y embriagadores, eran muy contrarios a nuestro enfermo, y aun a nosotros, de manera que bebíamos casi siempre agua, que era excelente. No sé si es a la pureza de esta agua de fuente que debemos atribuir un hecho que muy pronto notamos; nuestros dientes habían adquirido una blancura que todo el arte de los perfumistas no sabría dar a los parisienses más refinados. Es posible que la causa estuviese en nuestra forzosa sobriedad. No teniendo manteca de vaca y no pudiendo soportar la grasa de cerdo, el aceite nauseabundo y los procedimientos incendiarios de la cocina indígena, vivíamos de carne muy magra, de pescado y de legumbres, sazonado todo, en vez de salsa, con agua del torrente, a la que muchas veces teníamos el sibaritismo de mezclar el zumo de una naranja verde recién cogida en nuestro parterre. Teníamos, en cambio, postres espléndidos: batatas de Málaga y calabazas de Valencia confitadas y racimos dignos de la tierra de Canaán. Esta uva blanca o rosada, es oblonga, y su película, algo recia, ayuda a su conservación durante todo el año. Es exquisita y puede comerse tanta como se quiera sin experimentar la pesadez de estómago que da la nuestra. La uva de Fontaineblau es mas acuosa y fresca, la de Mallorca es más azucarada y carnosa. En ésta hay que comer, en aquella que beber. Estos racimos, entre los cuales los hay que pesan de veinte a veinticinco libras , habrían causado la admiración de un pintor. Eran nuestro recurso en los tiempos de escasez. Los campesinos creían vendérnoslos muy caros, haciéndonoslos pagar a cuatro veces su valor, pero no sabían que, en comparación con los nuestros, eran baratos todavía y teníamos el placer de burlarnos los unos de los otros. En cuanto a los higos chumbos, no tuvimos discusión alguna; es el fruto más detestable que conozco.

Si las condiciones de esta vida frugal no hubiesen sido, lo repito, contrarias y aun funestas para uno de los nuestros, los otros la hubieran encontrado muy aceptable en si misma. Habíamos logrado, aún en Mallorca, aún en una cartuja abandonada, aún en lucha con los campesinos más astutos del mundo, crearnos una especie de bienestar.

Teníamos cristales, puertas y una estufa; una estufa única en su género, que el mejor herrero de Palma había forjado en un mes y que nos costó cien francos. Consistía sencillamente en un cilindro de hierro con un tubo que salía por la ventana. Se necesitaba casi una hora para encenderla, y apenas lo estaba se ponía roja, por cuya causa, después de haber abierto las puertas para hacer salir el humo, había que volverlas a abrir en seguida para hacer salir el calor.

Además, el fingido fumista había recubierto el interior, a guisa de almáciga, con la materia de que los indios se sirven para enlucir por devoción sus casas y aún sus personas, pues, como es sabido, entre ellos la vaca es tenida por un animal sagrado. Por más purificador que pueda ser para el alma este olor santo, atestiguo que al fuego es poco deleitable para los sentidos. Durante un mes que tardó en secarse esta almáciga pudimos creer que nos hallábamos en uno de los círculos del infierno donde el Dante pretende haber visto a los aduladores.

En vano escudriñaba mi memoria para saber, por qué falta de este género había podido merecer semejante suplicio, qué poder había yo incensado, a qué papa o a que rey había alentado en su error con mis lisonjas. ¡No tenía ni un ordenanza ni un paje sobre mi conciencia y... ni siquiera una reverencia a un gendarme o a un periodista!

Felizmente el cartujo farmacéutico nos vendió un exquisito benjuí resto de ia provisión de perfumes con que se incensaba antes en la iglesia de su convento la imagen de la Divinidad, y esta emanación celestial combatió victoriosamente en nuestra celda, las exhalaciones del octavo barranco del infierno.

Poseíamos un mobiliario espléndido; camas de tijera irreprochables, colchones poco blandos, más caros que en París;

pero nuevos y limpios, y alguna de estas grandes colchas de indiana picada que los judíos venden a bajo precio en Palma. Una señora francesa establecida en el país había tenido la bondad de cedernos algunas libras de pluma que había mandado traer para su uso de Marsella y con la que habíamos confeccionado dos almohadas para nuestro enfermo. Esto es, a la verdad, un gran lujo para una comarca en que las ocas pasan por seres fantásticos y donde los pollos sienten escozores aún al salir del asador.

Poseíamos muchas mesas, muchas sillas de paja como las que se ven en las chozas de nuestros campesinos y un voluptuoso sofá de madera blanca como almohadones de tela de colchón rellenos de lana. El suelo de la celda muy polvoriento y muy desigual estaba cubierto de esas esteras valencianas hechas con largas pajas y parecidas a un césped amarilleado por el sol, y de esas hermosas pieles de carnero de pelo largo, de una finura y una blancura admirables que se curten muy bien en el país.

Como acontece entre los africanos y los orientales, no hay armarios en las antiguas casas de Mallorca y sobre todo en las celdas de los cartujos. Se guardan los efectos en grandes cofres de madera blanca. Nuestras maletas de cuero amarillo podían pasar allí por muebles muy elegantes. Un gran pañolón de tartán mezclilla que nos había servido de alfombra durante el viaje se transformó en una suntuosa cortina para la alcoba, y mi hijo adornó la estufa con uno de esos hermosos botijos de arcilla de Felanitx cuya forma y ornamentación son de gusto árabe puro.

Felanitx es un pueblo de Mallorca que merecería aprovisionar a la Europa de estas lindas vasijas, tan ligeras que se las creería de corcho y de un grano tan fino que se podría tomar la arcilla de que están formadas por una materia preciosa. Allí se fabrican cántaros pequeños de una forma exquisita, que sirven, como las alcarrazas, para conservar el agua en un estado de frescura admirable. Esta arcilla es tan porosa que el agua se escapa a través de las paredes de la vasija y en menos de medio día se ha vaciado. No soy físico, ni mucho menos y tal vez la observación que antecede es más que tonta; en cuanto a mi me ha parecido maravillosa y mi jarra de arcilla con frecuencia me ha parecido encantada; la dejábamos llena de agua sobre la estufa cuya plancha superior de hierro estaba casi siempre roja y algunas veces cuando toda el agua se había salido por los poros de la vasija, y ésta se había quedado en seco sobre la plancha caliente, no se rompió. Mientras contenía una gota de agua, esta agua era tan fría como el hielo aunque el calor de la estufa hiciera ennegrecer la madera que se le ponía encima.

Esta linda jarra, rodeada de una guirnalda de yedra cogida sobre el muro exterior era más agradable, para ojos de artistas, que todos los dorados de nuestros Sevres modernos. El piano Pleyel, arrancado a las manos de los aduaneros después de tres semanas de entrevistas y de 400 francos de contribución, llenaba la bóveda elevada y resonante de la celda con un sonido magnifico. En fin, el sacristán había consentido en transportar a nuestra celda una hermosa silla gótica de madera de encina esculturada, que los ratones y los gusanos roían en la antigua capilla de los cartujos y cuyo arcón nos servía de biblioteca, al propio tiempo que sus ligeras recortaduras, y sus afiladas agujas, proyectando sobre la pared al reflejo de la lámpara vespertina la sombra de sus ricas molduras negras y de sus simbalillos agrandados, devolvían a la celda todo su carácter antiguo y monacal.

* * * * * *

El Sr. Gómez, nuestro antiguo propietario de Son Vent, ese rico personaje que nos había alquilado su casa en secreto porque no era conveniente que un ciudadano de Mallorca pareciese especular con su propiedad, nos había armado un escándalo y amenazado con un proceso, por haberle estropeado algunos platos de barro que nos hizo pagar como porcelanas de China. Nos hizo pagar también, siempre con amenaza, el blanqueo y enlucido de toda su casa a causa del contagio del resfriado. Para algo es útil la desgracia, pues él se apresuró a vendernos la ropa de casa que nos había alquilado, y, aunque tenia prisa en deshacerse de todo lo que habíamos tocado no se olvidó de regatear hasta que hubo conseguido hacernos pagar su vieja ropa blanca como si fuese nueva. Gracias a él no nos vimos obligados a sembrar lino para tener un día sábanas y manteles, como aquel señor italiano que concedía camisas a sus pajes.

No se me debe acusar de puerilidad porque refiera vejaciones de que con seguridad yo no he conservado más rencor que arrepentimiento mi bolsa; pero nadie pondrá en duda que los hombres son lo más interesante que hay que observar en país extranjero y cuando diga que no he tenido una sola relación de dinero, por pequeña que fuese, con mallorquines, en que no haya encontrado de su parte una impudente mala fé y una avidez grosera, y cuando añada que exhibían su devoción ante nosotros, afectando estar indignados de nuestra poca fé, habrá de convenir en que la piedad de las almas sencillas, tan ensalzada por ciertos conservadores de nuestros días, no es siempre la cosa más edificante ni la más moral del mundo y que debe ser permitido desear otra manera de comprender y honrar a Dios. En cuanto a mi a quien se ha llenado tanto las orejas con estos lugares comunes: que es un crimen y un peligro atacar aun una fe errónea y corrompida porque no hay nada con que sustituirla; que los pueblos que no se hallan infectados con el veneno del examen filosófico y del frenesí revolucionario son los únicos morales, hospitalarios, sinceros; que estos tienen todavía poesía, grandeza y virtudes antiguas, etc., etc., me he reído, en Mallorca, un poco más que en otras partes, lo confieso, de estas graves objeciones. Cuando veía a mis niños educados en la abominación de la desolación de la filosofía servir y asistir con gozo a un amigo enfermo, ellos solos, en medio de 160.000 mallorquines que hubieran vuelto la espalda con la más dura inhumanidad, con el más cobarde terror, de una enfermedad reputada contagiosa, me decía que estos pequeños malvados tenían más razón y caridad que toda esta población de santos y de apóstoles.

Esos piadosos servidores de Dios no dejaban nunca de decir que cometía un gran crimen exponiendo a mis hijos al contagio y que para castigarme por mi ceguedad, el cielo les enviaría el mismo mal. Yo les respondía que en nuestra familia si uno tuviese la peste los otros no se separarían de su lecho, que esto de abandonar a los enfermos no estaba en uso en Francia, lo mismo después de la revolución que antes, que los prisioneros españoles atacados de las enfermedades más intensas y más perniciosas habían atravesado nuestras campiñas en tiempo de las guerras de Napoleón y que nuestros campesinos después de haber compartido con ellos su escudilla y su ropa, les habían cedido su cama y se habían mantenido a su lado para cuidarles; que muchos habían sido victimas de su celo y habían sucumbido al contagio, lo que no había impedido a los supervivientes practicar la hospitalidad y la caridad; el mallorquín movía la cabeza y sonreía de lástima. La noción del sacrificio hacia un desconocido, no podía penetrar en su cerebro, lo mismo que la de la probilidad y aun de la galantería en vez de un extranjero.

Todos los viajeros que han visitado el interior de la isla han quedado maravillados de la hospitalidad y del desinterés del labrador mallorquín. Han escrito con admiración que, si bien no había albergues en este país no por eso era menos fácil y agradable recorrer sus campiñas allí donde una simple recomendación basta para ser recibido, albergado y festejado gratuitamente. Esta simple recomendación es, a mi parecer, un hecho de bastante importancia. Esos viajeros se han olvidado de decir que todas las casas de Mallorca y por tanto todos los habitantes, están en una solidaridad de intereses que establece entre ellos buenas y fáciles relaciones, donde la caridad religiosa y la simpatía humana no entran, sin embargo, para nada. Algunas palabras explicarán esta situación pecuniaria.

Los nobles son ricos en bienes raíces, pero indigentes en cuanto a la renta y se hallan arruinados gracias a los empréstitos. Los judíos, que son numerosos y ricos en dinero contante, tienen en su cartera todas las tierras de los caballeros y puede decirse que de hecho la isla les pertenece. Los caballeros no son más que nobles representantes encargados de hacerse unos a otros, así como a los raros extranjeros que llegan a la isla, los honores de sus dominios y de sus palacios. Para llenar dignamente esas elevadas funciones, recurren cada año a la bolsa de los judíos y cada año crece la bola de nieve. He dicho antes lo mucho que está paralizado el rendimiento de las tierras a consecuencia de la falta de mercados y de industria; sin embargo, es punto de honor para los caballeros, el de consumar lenta y apaciblemente su ruina sin renunciar al lujo, y tal vez diría mejor a la indigente prodigalidad de sus mayores. Los agiotistas están pues en una relación continua de intereses con los cultivadores de los que cobran en parte las rentas en virtud de los títulos que les han concedido los caballeros.

Así es que el campesino a quien tal vez tenga cuenta la división de su débito, paga a su señor lo menos posible y al banquero lo más que puede. El señor es dependiente y resignado; el judío es inexorable, pero sufrido.

Hace concesiones, afecta una gran tolerancia, da tiempo, porque prosigue su fin con un genio diabólico; desde que ha puesto su garra sobre una propiedad, es preciso que, pieza a pieza, vaya toda ella a su poder, y su interés consiste en hacerse necesario hasta que la deuda haya alcanzado el valor del capital. En veinte años no habrá ya señorío en Mallorca. Los judíos podrán constituirse allí en estado de poder, como han hecho entre nosotros, y levantar su cabeza todavía encorvada y humillada hipócritamente bajo los desdenes mal disimulados de ios nobles y el horror pueril e impotente de los proletarios. Al entretanto, ellos son los verdaderos propietarios del terreno y el payés tiembla delante de ellos. Vuelve con dolor los ojos a su antiguo amo y, llorando de ternura, recoge para si las últimas briznas de su fortuna. Está, pues, interesado en satisfacer estas dos potencias y aún en complacerlas en todo a fin de no quedar aplastado entre las dos.

Sed, pues, recomendado a un payés, sea por un noble, sea por un rico (y no podríais serlo por otros no habiendo fuera de estas clases intermediario alguno) y al instante se abrirá ante vosotros la puerta del payés. Pero probad de pedir un vaso de agua sin esta recomendación y veréis lo que os sucede; y, sin embargo, este campesino mallorquín tiene dulzura, bondad, costumbres apacibles, una naturaleza tranquila y paciente. No ama el mal; no conoce el bien. Confiesa, reza, se preocupa sin cesar por merecer el paraíso; pero ignora los verdaderos deberes de la humanidad. No es más aborrecible que un buey o un carnero, pues casi no es más hombre que los seres adormecidos en la inocencia del bruto. Recita plegarias, es supersticioso como un salvaje; pero se comería a su semejante sin más remordimiento si estuviese en uso en su país y no tuviera tocino a discreción. Engaña, cobra el barato, miente, insulta y saquea, sin el menor escrúpulo de conciencia. Un extranjero no es un hombre para él. Jamás hurtaría una aceituna a su compatriota; más allá de los mares, la humanidad no existe en los designios de Dios, más que para traer pequeños provechos a los mallorquines.

Habíamos apodado a Mallorca la Isla de los Monos, porque viéndonos rodeados de estas bestias, astutos ladrones y sin embargo inocentes, nos habíamos habituado a preservarnos de ellas sin más rencor ni despecho que el que causan a los indios los orangutanes y los jockos traviesos y fugaces.

Sin embargo, no se habitúa uno sin tristeza a ver criaturas revestidas de la forma humana y marcadas con el sello divino, vegetar así en una esfera que no es, en verdad, la de la humanidad presente. Bien se ve que este ser imperfecto es capaz de comprender, que su raza es perfectible, que su porvenir es el mismo que el de las razas más avanzadas y que no hay aquí más que una cuestión de tiempo, grande y a nuestros ojos, inapreciable en el abismo de la eternidad. Pero cuanto más se tiene el sentimiento de esta perfectibilidad, tanto más se sufre al verla trabada por las cadenas del pasado. Este compás de espera que no inquieta casi a la Providencia, espanta y contrista nuestra existencia de un día. Sentimos por el corazón por el espíritu, por las entrañas, que la vida de todos los otros está ligada a la nuestra, que no podemos pasarnos sin amar o ser amados, sin comprender o ser comprendidos, sin asistir y sin ser asistidos. El sentimiento de una superioridad intelectual y moral sobre otros hombres sólo regocija el corazón de los orgullosos. Me imagino que todos los corazones querrían no rebajarse para nivelarse sino elevar hasta ellos en un guiño de ojos, a todo el que está debajo de ellos, para vivir, en fin, la verdadera vida de simpatía, de cambio, de igualdad y de comunidad, que es el verdadero ideal religioso de la conciencia humana.

Estoy seguro de que esta necesidad está en el fondo de todos los corazones y que aquellos de nosotros que la combaten y creen ahogarla con sofismas sienten un sufrimiento extraño, amargo, al que no saben dar un nombre. Los hombres de abajo se gastan o se extinguen cuando no pueden subir, los de arriba se indignan y se afligen al tenderles la mano inútilmente y los que no quieren ayudar a nadie son devorados por el fastidio y por el espanto de la soledad, hasta que vuelven a caer en un embrutecimiento que les hace descender debajo de los primeros.

XVI

Estábamos, pues, solos en Mallorca, como en un desierto y cuando la subsistencia diaria estaba asegurada mediante la guerra a los monos, nos sentábamos en familia alrededor de la estufa para reírnos de ellos. Pero a medida que el invierno avanzaba, la tristeza paralizaba en mi seno los esfuerzos de alegría y de serenidad. El estado de nuestro enfermo empeoraba siempre; el viento lloraba en la torrentera, la lluvia azotaba nuestros cristales, la voz del trueno atravesaba nuestros gruesos muros y venia a arrojar su nota lúgubre en medio de las risas y de los juegos de los niños. Las águilas y los buitres, alentados por la bruma, venían a devorar nuestros pobres pajareles hasta sobre el granado que llenaba mi ventana. El mar furioso retenía las embarcaciones en los puertos; nos sentíamos prisioneros, lejos de todo socorro ilustrado y de toda simpatía eficaz. La muerte parecía cernerse sobre nuestras cabezas, para apoderarse de uno de nosotros y éramos solos en disputarle su presa. No había una sola criatura humana a nuestro alcance que no hubiese querido, por el contrario, empujarle hacia la tumba para acabar más pronto con el pretendido peligro de su vecindad. Este pensamiento de hostilidad era espantosamente triste. Nos sentíamos bastante fuertes para reemplazar, a fuerza de cuidados y de sacrificios mutuos, la asistencia y la simpatía que se nos negaba, y hasta creo que en medio de tales pruebas el corazón se engrandece y la aflicción se exalta, fortificada con toda la fuerza que toma en el sentimiento de la solidaridad humana. Pero nuestras almas sufrían al verse arrojadas en medio de seres que no comprendían este sentimiento y para los cuales, lejos de ser compadecidos por ellos, nos era preciso sentir la más dolorosa lástima.

Por otra parte, tenía que experimentar vivas perplejidades. No tengo noción científica de ninguna clase, y me hubiera sido necesario ser médico y gran médico para cuidar la dolencia cuya responsabilidad pesaba sobre mi corazón. El médico que nos visitaba, y del que no pongo en duda ni el celo ni el talento, se engañaba como todo médico, aún de los más ilustres, puede engañarse y como por su propia confesión todo sabio sincero es engañado con frecuencia. La bronquitis había sido sustituida per una excitación nerviosa que producía muchos síntomas de una tisis laríngea.

El médico, que había visto estos fenómenos en ciertos momentos y que no veía los síntomas contrarios, evidentes para mi, en otras horas, se había decidido por el régimen que conviene a los tísicos, por la sangría, por la dieta, por la alimentación láctea. Todas estas cosas eran absolutamente contrarias, y la sangría hubiese sido mortal. El enfermo tenia el mismo presentimiento. Temblaba, sin embargo, de dejarme llevar de ese instinto que podía engañarme, y luchar contra las afirmaciones de un hombre del arte; y cuando veia que el enfermo empeoraba, era presa, a la verdad, de grandes angustias, como todos podréis comprender. Una sangría podría salvarle se me decía y sí rehusáis que se la demos, se va a morir. Sin embargo, había una voz que me decía hasta en mi sueño: Una sangría le matará, y si tú le preservas de ella, no morirá. Estoy persuadido de que esta voz era la de la Providencia; y hoy que nuestro amigo, el terror de los mallorquines, ha sido declarado tan tísico como yo, doy gracias al cielo por no haberme hecho perder la confianza que nos ha salvado.

En cuanto a la dieta, debemos decir que le era muy contraria, y cuando observamos sus malos efectos nos atuvimos a ello lo menos posible, pero desgraciadamente sólo podíamos optar entre las especias ardientes del país y una mesa en extremo frugal. El régimen lácteo, cuyos malos efectos reconocimos al seguir poniéndolo en práctica, fue por suerte bastante raro en Mallorca para no producir ninguno. Pensábamos todavía en esa época, que la leche obraría maravillas, y nos atormentábamos para procurárnosla. En aquellas montañas no hay vacas, y la leche de cabra que se nos vendía era bebida siempre en el camino por los muchachos que nos la traían, lo cual no impedía que la vasija llegase a nuestras manos más llena que a la partida. Era un milagro que hacia todas las mañanas el piadoso mensajero cuando rezaba su oración al lado de la fuente, en el patio de la Cartuja.

Para poner fin a esos prodigios nos procuramos una cabra. Esta era, en verdad, la más dulce y más amable persona del mundo; una hermosa cabrita africana, de pelo corto, color de gamuza, sin cuernos, nariz muy corta y las orejas pendientes. Estos animales difieren mucho de los nuestros; tienen el pelaje del corzo y el perfil del carnero; pero no tienen la fisonomía traviesa y terca de nuestros joviales cabritos. Por el contrario, parecen llenos de melancolía. Estas cabras difieren aún de las francesas en que tienen las ubres muy pequeñas y dan poca leche. Cuando están en la fuerza de la edad, esta leche tiene un sabor áspero y silvestre del que los mallorquines hacen mucho aprecio; pero que nos pareció repugnante.

Nuestra amiga de la Cartuja estaba en su primera maternidad; no tenia dos años aún y su leche era muy delicada; pero tenía muy poca, sobre todo al principio, en que, separada del rebaño con el que tenia costumbre, no de brincar (era muy seria, muy mallorquína para ello), sino de entregarse al sueño en la cumbre de las montañas, cayó en un spleen que no dejaba de tener analogía con el nuestro. Había, no obstante, yerbas muy hermosas en el patio; y plantas aromáticas, cultivadas en otro tiempo por los cartujos, crecían aún en las zanjas de nuestro parterre: nada la consoló de su cautiverio. Erraba, loca y desolada, por los claustros, lanzando gemidos que hubieran partido las piedras. Le dimos por compañera una gruesa oveja, cuya lana blanca y tupida tenia seis pulgadas de longitud; una de esas ovejas que no se ven en nuestras campiñas, observándose solamente en los mostradores de los comerciantes de juguetes o sobre los abanicos de nuestras abuelas. Esta excelente compañía le devolvió un poco la calma y nos dio ella misma una preciosa leche muy mantecosa. Pero era tan pequeña la cantidad de leche que entre las dos nos proporcionaban, aunque muy bien nutridas, que desconfiamos de las frecuentes visitas que la María Antonia, la niña y la Catalina hacían a nuestro ganado, y lo pusimos bajo llave en un corralito, al pie del campanario, y tuvimos el cuidado de ordeñar nosotros mismos. Esta leche de las más ligeras, mezclada con leche de almendras que machacábamos alternativamente mis niños y yo, formaba una tisana bastante higiénica y agradable. No podíamos proporcionamos otra mejor. Todas las drogas de Palma eran de una suciedad intolerable. El azúcar mal refinado que se importa de España, es negro, oleoso y dotado de una virtud purgante para los que no están habituados a él.

Un día nos creíamos salvados porque observamos que en el jardín de un rico labrador había violetas. Nos permitió coger algunas para hacer una infusión, y cuando hubimos hecho nuestro pequeño paquete, nos las hizo pagar a razón de un sueldo por violeta, un sueldo mallorquín que vale tres sueldos de Francia.

A estos cuidados domésticos se añadía la necesidad de barrer nuestros dormitorios y hacer las camas nosotros mismos, cuando queríamos dormir de noche, pues la sirvienta mallorquína no podía tocarlas sin comunicarnos en seguida, con una intolerable prodigalidad, las mismas propiedades que mis hijos se habían regocijado tanto de poder observar sobre el dorso de un pollo asado. Apenas nos quedaban algunas horas para trabajar y para el paseo; pero estas horas las empleábamos bien. Los niños estaban atentos a la lección, y apenas sacábamos la nariz fuera de nuestra guarida, cuando entrábamos en los paisajes más diversos y admirables. A cada paso, en medio del vasto cuadro de las montañas, se ofrecía un accidente pintoresco, una capillita sobre una roca escarpada, un bosquecillo de madroños arrojado a pico, sobre una pendiente agrietada, una ermita al lado de un manantial oculto entre altas cañas, una espesura de árboles sobre enormes fragmentos de rocas cubiertas de musgo y bordadas de yedra. Cuando el sol se dignaba dejarse ver un instante, todas estas plantas, todas estas piedras y todos estos terrenos lavados por la lluvia tomaban un color espléndido y reflejos de una increíble frescura.

Dimos, sobre todo, dos paseos notables. Al primero no lo recuerdo con placer, aunque fue de magníficos aspectos, pues nuestro enfermo, entonces en muy buen estado (era al principio de nuestra permanencia en Mallorca), quiso acompañarnos y se fatigó tanto que se determinó la invasión de su enfermedad.

Nuestro objeto era visitar una ermita situada a la orilla del mar, a tres millas de la Cartuja. Seguimos el brazo derecho de la cadena y subimos de colina en colina por un camino pedregoso que nos destrozaba los pies, hasta la costa norte de la isla. A cada vuelta del sendero, tuvimos el espectáculo grandioso del mar, visto a profundidades considerables, a través de la más bella vegetación.

Era la primera vez que veía riberas fértiles, cubiertas de árboles y de verdura, hasta donde llegaba el oleaje, sin acantilados escuetos, sin playas cenagosas ni orillas desoladas. En todo lo que he visto de las costas de Francia, aun sobre las alturas de Port Vendres, donde, por fin, se me apareció con toda su hermosura, el mar me ha parecido siempre sucio, y desagradable su proximidad. El Lido, tan ponderado, de Venecia tiene arenas de una espantosa desnudez, pobladas de enormes lagartos que salen por miles debajo de vuestros pies y parecen perseguiros en número siempre creciente como en una pesadilla. En Royant, en Marsella, casi por todas partes, y creo que en todas nuestras riberas, una cintura de varechs pegajosos y una arena estéril nos afean las cercanías del mar. En Mallorca le vi, en fin, tal como lo había soñado, límpido y azul como el cielo, dulcemente ondulado como una llanura de zafiro labrada con regularidad en surcos cuya movilidad es inapreciable vista desde cierta altura y encerrada entre bosques de un verde sombrío. A cada paso que dábamos sobre la montaña sinuosa, se nos ofrecía una nueva perspectiva siempre más sublime que la anterior. Con todo, como nos fue necesario volver a bajar mucho para llegar a la ermita, la ribera de este lado, aunque muy bella, no tuvo el carácter de grandeza que le encontré en otro sitio de la costa algunos meses más tarde.

Los ermitaños que allí están establecidos en número de cuatro o cinco carecían de toda poesía. Su morada es tan miserable y tan silvestre como corresponde a su profesión; y desde su jardín en terraza, donde les encontramos cavando, la gran soledad del mar se extiende bajo sus ojos. No llevaban traje religioso. Sus personas nos parecieron las más estúpidas del mundo. El superior dejó su azada y vino hacia nosotros con su chaqueta redonda de paño pardo; sus cabellos cortos y su barba sucia, no tenían nada de pintoresco. Nos habló de las austeridades de la vida que llevaba y sobre todo del frío intolerable que reinaba sobre aquella ribera. Pero cuando le preguntamos si helaba alguna vez, no pudimos hacerle comprender lo que era la helada. No conocía esta palabra en lengua alguna y no había oído hablar nunca de países más fríos que la isla de Mallorca; sin embargo, tenía una idea de la Francia por haber visto pasar la flota que marchó en 1830 a la conquista de Argel; preguntó si los franceses habían conseguido apoderarse de Argel; había sido el más bello, el más asombroso, el único espectáculo de su vida, puede decirse; y cuando le hubimos dicho que acababan de tomar a Constantina, abrió desmesuradamente los ojos y proclamó que los franceses eran un gran pueblo.

Nos hizo subir a una pequeña celda muy sucia donde vimos al decano de los ermitaños. Le tomamos por un centenario y quedamos sorprendidos al saber que no tenía más que ochenta años. Aquel hombre se hallaba en un perfecto estado de imbecilidad, aunque trabajase todavía maquinalmente en la confección de cucharas de madera con sus manos terrosas y temblorosas. No paró su atención en nosotros, aunque no era sordo, y habiéndole llamado el prior, levantó su enorme cabeza, que se hubiera creído de cera, y nos enseñó una cara asquerosa de embrutecimiento. Había toda una vida de rebajamiento intelectual sobre esta fisonomía descompuesta, de la que aparté los ojos con presteza, como de la cosa más horrible y más penosa que haya en el mundo.

Les dimos limosna, pues pertenecen a una orden mendicante, y todavía están en gran veneración entre los campesinos, los cuales no permiten que les falte cosa alguna.

De vuelta a la Cartuja, fuimos asaltados por un vendaval que nos derribó muchas veces e hizo tan fatigosa nuestra marcha, que nuestro enfermo quedó quebrantadísimo.

Dimos el segundo paseo algunos días antes de nuestra partida de Mallorca y me hizo una impresión que no olvidaré en toda mi vida. Jamás el espectáculo de la naturaleza me ha embargado más y no sé que me haya embargado hasta ese punto más que tres o cuatro veces en mi vida.

He dicho anteriormente que en el sitio donde se alza la Cartuja la cadena de montañas se abre y una plaza ligeramente inclinada sube, por entre estos dos brazos abiertos, hasta el mar. Pues bien; mirando todos los días que el mar, en el horizonte, subía muy por encima de esta llanura, mi vista y mi raciocinio cometían un singular error. En lugar de ver que la llanura subía y que faltaba de repente a una distancia muy próxima a mí, me imaginaba que descendía en dulce pendiente hasta el mar y que la ribera estaba alejada unas cinco o seis millas. ¿Cómo explicarme, en efecto, que este mar que me parecía a nivel con la Cartuja estuviese dos o tres mil pies más bajo que ella? Me admiraba a veces de que tuviese la voz tan alta estando tan lejos como lo suponía; no me daba cuenta de este fenómeno y no sé por qué me permito alguna vez burlarme de los burgueses de París, cuando yo era más que simple en mis conjeturas. No veía que este horizonte marítimo por el que paseaba mis miradas, estaba a 15 o 20 leguas de la costa, mientras que el mar batía la base de la isla a una media hora de camino de la Cartuja. Así es que cuando mis hijos me inducían a ir a ver el mar pretendiendo que estaba a dos pasos, no encontraba nunca la hora propicia, creyendo que se trataba de dos pasos de niño, es decir de dos pasos de gigante en realidad, pues se sabe que los niños andan con la cabeza sin acordarse jamás de que tienen pies, y que las botas de siete leguas del Petlt-Poucet son un mito para significar que la infancia daría la vuelta al mundo sin advertirlo.

Las lluvias habían cesado por fin y la primavera venía repentinamente. Nos hallábamos en febrero. Todos los almendros estaban floridos y los prados se llenaban de junquillos embalsamados. Esta era, salvo el color del cielo y la vivacidad de los tonos del paisaje, la sola diferencia que el ojo podía encontrar entre las dos estaciones; pues los árboles de esta región son en su mayor parte vivaces. Los que brotan temprano no experimentan los efectos de la helada; los céspedes conservan toda su frescura, y las flores solo tienen deseos de una mañana con sol para echar la nariz al viento. Cuando nuestro jardín tenía medio pie de nieve, los vientos hacían balancear sobre nuestros emparrados lindas rosas de pitiminí, que no por ser un poco pálidas dejaban de parecer de muy buen color.

Como yo miraba el mar, hacia el norte, desde la puerta del convento, un día que nuestro enfermo estaba bastante bien para quedar solo dos o tres horas, me puse por fin en camino con mis hijos para ver la playa de aquel lado. Hasta entonces no había tenido la menor curiosidad de verla, aunque mis hijos, que corrían como gamos, me aseguraron que aquel sitio era el más hermoso del mundo. Sea que la excursión a la ermita, primera causa de nuestro dolor, me hubiese dejado un resentimiento muy fundado, sea que no esperase ver desde el llano un tan hermoso despliegue del mar como lo había visto desde la montaña, no había sentido aún la tentación de salir del valle encajonado de Valldemosa.

En fin, me dejé llevar por ellos, en la certidumbre de que nunca llegaríamos a esa ribera fantástica que me parecía tan lejana. Mi hijo pretendía saber el camino, pero como todo es camino cuando se anda con botas de siete leguas y como yo hace tiempo que no ando en la vida más que con zapatillas, le objetaba que yo no podía, como hacían él y su hermana, saltar los setos, las zanjas y los torrentes. Después de un cuarto de hora de marcha, advertí de que no bajábamos hacia el mar, pues el curso de los arroyuelos venia rápidamente a nuestro encuentro, y a medida que avanzábamos, más el mar parecía hundirse y abismarse en el horizonte. Creí, en fin. que le volvíamos la espalda y tomé el partido de preguntar al primer campesino que encontrara, si por casualidad nos seria posible encontrar el mar.

Bajo una espesura de sauces, en una zanja cenagosa, tres pastorcitas, tal vez tres hadas con disfraz, removían el fango con palas para buscar no sé qué talismán o que ensalada. La primera no tenía más que un diente; era probablemente el hada Dentuda, la misma que remueve sus maleficios en una cacerola con este único y horrible diente. La segunda era, según todas las apariencias, la vieja *Carabosse*, la más mortal enemiga de los establecimientos ortopédicos. Las dos nos hicieron una horrible mueca. La primera hizo avanzar su terrible diente hacia el lado donde estaba mi hija, cuya frescura excitaba su apetito. La segunda movió la cabeza y blandió su muleta para deslomar a mi hijo, cuyo talle recto y esbelto le causaba horror.

Pero la tercera, que era joven y bonita saltó con ligereza sobre el margen de la zanja y, echándose su abrigo sobre los hombros, nos hizo seña con la mano y se puso en marcha delante de nosotros. Era en verdad una buena y pequeña hada pero bajo su disfraz de montañesa se complacía en llamarse *Perica de Pier Bruno.*

Es Perica la más gentil criatura que he visto en Mallorca. Ella y mi cabra son los únicos seres vivientes que han guardado un poco de mi corazón en Valldemosa. La cabrita se hubiese avergonzado de verse tan cubierta de lodo como lo estaba la joven; pero cuando ésta hubo andado un poco sobre el césped húmedo, sus pies descalzos se volvieron, no blancos, pero si lindos como los de una andaluza, y su hermosa sonrisa, su charla confiada y curiosa, su cortesanía desinteresada, nos la hicieron parecer tan pura como una perla fina. Tenía diez y seis años y las más delicadas facciones, con una faz redonda y aterciopelada como un melocotón. Era la regularidad de líneas y la belleza de planos de la estatuaria griega. Su talle era fino como un junco y sus brazos desnudos de color moreno. Por debajo de su rebocillo de tela gruesa salía su cabellera flotante y enredada como la cola de una yegua joven. Nos condujo hasta el confín de su campo, después nos hizo atravesar una sementera rodeada de árboles y de gruesos peñascos; y no vi ya más el mar, lo que me hizo creer que nos internábamos en la montaña y que la maliciosa Perica se burlaba de nosotros.

Pero de repente abrió una pequeña barrera que cerraba el prado y vimos un sendero que rodeaba una gruesa roca en forma de pan de azúcar. Dimos la vuelta siguiendo el sendero y, como por encantamiento, nos encontramos encima del mar, encima de la inmensidad, con otra orilla a una legua de distancia bajo nuestros pies.

El primer efecto de este inesperado espectáculo fue el vértigo y empecé por sentarme. Poco a poco me tranquilicé y hasta me atreví a bajar por el sendero aunque no se hubiese trazado para pies humanos, sino para pies de cabra. Lo que veía era tan bello, que, por esta vez tuve, no solamente botas de siete leguas, sino alas de golondrina en el cerebro, y me puse a dar vueltas alrededor de las grandes agujas calcáreas que se elevaban, como gigantes de 50 y 80 pies de altura, a lo largo de los bordes de la costa, buscando siempre ver el fondo de una ensenada que se internaba a mi derecha en las tierras y donde las barcas de pescadores parecían del tamaño de una mosca.

De repente no vi nada delante de mí y debajo de mí más que el mar, completamente azul. El sendero había ido a perderse yo no sé donde. La Perica gritaba encima de mi cabeza, y mis hijos, que me seguían a cuatro pies, se pusieron a gritar más fuerte. Me volví y vi a mi hija que lloraba amargamente. Volví sobre mis pasos para interrogarla, y cuando hube reflexionado un poco, advertí que el terror y la desesperación de esos niños no eran mal fundados. Un paso más y hubiera descendido con mucha mayor rapidez de la que era necesaria, a menos de que no hubiese acertado a marchar patas arriba como una mosca sobre un cielo raso, pues los peñascos donde yo me aventuraba se inclinaban sobre el pequeño golfo, y la base de la isla estaba profundamente roída por debajo.

Cuando vi el peligro a que había arrastrado a mis hijos, tuve un miedo espantoso y me apresuré a volver a subir con ellos; pero cuando los hube puesto en lugar seguro detrás de uno de los gigantescos pilones de azúcar, me invadió un nuevo frenesí por ver el fondo de la ensenada y la parte inferior de la excavación.

No había visto jamás nada parecido a lo que presentía allí, y mí imaginación tomaba el gran galope. Bajé por otro sendero, agarrándome a las malezas y abrazándome a las agujas de piedra, de las que cada una señalaba una nueva cascada del sendero. En fin, empezaba a entrever la boca inmensa de la excavación donde las olas se precipitaban con una armonía extraña. No sé qué mágicos acordes creía percibir, ni qué mundo desconocido me lisonjeaba de encontrar, cuando mi hijo espantado y algo furioso, vino a tirarme violentamente hacia atrás. Me fue forzoso caer de la manera menos poética del mundo, y no hacia adelante, lo que hubiera sido el fin de mi aventura y mi fin, sino sentado como una persona razonable. El niño me dirigió tan hermosas reprensiones, que renuncié a mi empresa, pero no sin un gran pesar que me persigue todavía, pues mis pantuflas se vuelven de cada año más pesadas y no pienso que las alas que tuve aquel día vuelvan a retoñar jamás para llevarme a semejantes riberas.

Es cierto, sin embargo, y lo sé tan bien como otro cualquiera, que lo que se vé no vale siempre lo que se sueña, pero esto no es absolutamente exacto sino en materia de arte y de obra humana. En cuanto a mí, sea que tenga la imaginación perezosa de ordinario, sea que Dios tenga más talento que yo (lo que no sería imposible) he hallado a menudo la naturaleza infinitamente más hermosa que la había previsto y no recuerdo haberla hallado desabrida a no ser en horas en que yo a mi vez lo estaba.

No me consolaré, pues, jamás de no haber podido dar la vuelta al peñasco. Hubiera tal vez visto a Anfitrite en persona, bajo una bóveda de nácar y con la frente coronada de algas murmuradoras. En lugar de esto, no he visto más que agujas de rocas calcáreas, las unas subiendo de barranco en barranco como columnas, las otras pendientes como estalactitas de caverna en caverna, y todas afectando formas extrañas y actitudes fantásticas. Arboles de un vigor prodigioso, pero todos combados y medio desarraigados por los vientos, se inclinaban sobre el abismo, y del fondo de este abismo, otra montaña se elevaba a pico hasta el cielo, una montaña de cristal, de diamante y de zafiro. El mar, visto de una altura considerable, produce, como es sabido, la ilusión de un plano vertical. Que lo explique quien quiera.

Mis hijos se empeñaron en quererse llevar plantas. Las más hermosas liliáceas del mundo crecen entre esos peñascos. Entre los tres arrancamos, por fin, una cebolla de amarilis escarlata, que no llevamos a la Cartuja por su mucho peso.

Mi hijo la cortó en pedazos para enseñar a nuestro enfermo un fragmento del tamaño de su cabeza, de esta planta maravillosa. Perica, cargada con un haz enorme que había recogido en el camino, y con el que, con sus bruscos y rápidos movimientos, nos daba a cada instante en las narices, nos volvió a conducir hasta la entrada del pueblo. La obligué a venir hasta la Cartuja para hacerle un pequeño regalo que me costó mucho trabajo hacerle aceptar. ¡Pobre Perica! ¡no has sabido ni sabrás nunca cuanto bien me hiciste, al hacerme ver que entre los monos existía una criatura humana, dulce, encantadora y servicial sin doble intención! Por la noche estábamos muy regocijados de no dejar a Valldemosa sin haber encontrado un ser simpático.

XVII

Entre estas dos excursiones, la primera y la última que hicimos en Mallorca, habíamos hecho muchas otras de que no quiero acordarme por miedo de mostrar al lector un entusiasmo monótono por esa naturaleza bella por todas partes y por doquier sembrada de habitaciones pintorescas a cual más, chozas, palacios, iglesias, monasterios. Si alguno de nuestros grandes paisajistas emprende alguna vez la tarea de visitar a Mallorca, le recomiendo la casa de campo denominada la Granja de Fortuny, con el valle de cidros que se abre ante sus columnatas de mármol, y todo el camino que conduce a ella. Pero, sin ir hasta allí, no se podrían andar diez pasos en esta isla encantada sin detenerse en cada ángulo del camino, ya ante una cisterna árabe sombreada de palmeras, ya ante una cruz de piedra, delicada obra del siglo XV, ya a la orilla de un olivar.

Nada iguala la fuerza y la extravagancia de formas de estos antiguos bienhechores de Mallorca. Los mallorquines hacen remontar la plantación más reciente al tiempo en que la isla fue ocupada por los romanos. No disputaré la certeza de esta aserción, no conociendo medio alguno de probar lo contrario, aunque lo deseara, y declaro que no tengo de ello el menor deseo.

Al ver el aspecto formidable, el grosor desmesurado, y las actitudes furibundas de esos árboles misteriosos, mi imaginación los ha aceptado de buena voluntad por contemporáneos de Aníbal. Cuando se pasea uno por la tarde a su sombra, es preciso que se acuerde bien de que aquello son árboles; pues si daba crédito a los ojos y a la imaginación, quedaría uno espantado en medio de todos esos monstruos fantásticos; los unos encorvándose hacia vosotros como dragones enormes con la boca abierta y las alas desplegadas; otros arrollándose sobre si mismos como boas entumecidas; otros abrazándose con furor como luchadores gigantescos. Aquí hay un centauro al galope, llevando sobre su grupa no sé qué horrible mona; allí un reptil sin nombre que devora una cierva jadeante, más lejos un sátiro que baila con un macho cabrio menos deforme que él, y, a menudo, es un solo árbol resquebrajado, nudoso, torcido, giboso, que tomaríais por un grupo de diez árboles distintos y que representa todos estos diversos monstruos para reunirse en una sola cabeza, horrible como la de los fetiches indios y coronada por una sola rama verde, como una cimera. Los curiosos que echen una ojeada sobre las láminas de M. Laurens, no pueden temer que haya exagerado la fisonomía de los olivos que ha dibujado. Hubiera podido escoger ejemplares todavía más extraordinarios y espero que el Magassin pittoresque, este festivo e infatigable vulgarizador de las maravillas del arte y de la naturaleza, se pondrá en camino el mejor día para traernos algunas muestras de primera clase.

Mas para representar el gran estilo de estos árboles sagrados, de donde se espera siempre oír desprenderse voces proféticas, y el cielo radiante donde se dibuja tan vigorosamente su áspero perfil, seria necesario nada menos que el pincel atrevido y grandioso de Rousseau. Las aguas límpidas donde se reflejan los asfódelos y los mirtos llamarían a Dupré. Otros sitios más arreglados, donde la naturaleza, aunque libre, parece tomar, por exceso de coquetería, aires clásicos y altivos, tentarían al severo Corot. Para expresar los adorables breñales donde todo un mundo de gramíneas, de flores silvestres, de viejos troncos y llorosas guirnaldas, se inclina sobre la fuente misteriosa en que la cigüeña viene a mojar sus largas patas, hubiera querido tener, como una varilla mágica a mi disposición el buril de Huet en mi faltriquera.

¡Cuántas veces, viendo un viejo caballero mallorquín, en el umbral de su palacio amarillento y ruinoso, he pensado en Decamps, el gran maestro de la caricatura seria, ennoblecida hasta el rango de pintura histórica, el hombre de genio que sabe infundir espíritu, animación, poesía, vida, en una palabra, a las paredes mismas!

Los hermosos niños atezados que jugaban en nuestro claustro vestidos de monje le habrían divertido en sumo grado. Hubiera tenido allí monos a discreción y ángeles al lado do los monos, cerdos con cara humana y después querubines mezclados con los cerdos y no menos sucios; Perica, hermosa como Galatea, salpicada de lodo como un perro de aguas, y riendo al sol como todo lo que es bello sobre la tierra.

Pero sois vos, Eugenio, mi viejo amigo, mi querido artista, a quien hubiera querido conducir de noche a la montaña, cuando la luna iluminaba la inundación lívida.

Fue una hermosa campaña en la que por poco me ahogo con mi pobre hijo de 14 años, al que no faltó nunca el valor, ni a mí la facultad de ver como la naturaleza se había hecho aquella noche archi-romántica, archi- loca y archi-sublime.

Habíamos salido de Valldemosa, el niño y yo; en plenas lluvias de invierno para ir a disputar el piano de Pleyel a los feroces aduaneros de Palma. La mañana había sido bastante hermosa y los caminos se hallaban practicables; pero cuando corríamos por la ciudad empezó a diluviar de buena manera. Aquí nos lamentamos de la lluvia y no sabemos lo que es: nuestras lluvias más largas no duran dos horas; una nube sucede a otra nube y entre las dos hay siempre un pequeño respiro. En Mallorca un nublado permanente rodea la isla, y se instala alli hasta que todo él está agotado; esto dura cuarenta, cincuenta horas, a veces cuatro o cinco días sin ninguna interrupción y aún sin disminuir en intensidad.

Hacia la puesta del sol volvimos a tomar el birlocho, esperando llegar a la Cartuja en tres horas; pero empleamos siete y poco faltó para que durmiésemos con las ranas en el seno de algún lago improvisado.

El cochero estaba de un humor insoportable; había puesto mil dificultades para ponerse en camino; el caballo necesitaba herrar; el mulo estaba cojo, el eje roto... ¡que sé yo! Empezábamos a conocer bastante el carácter mallorquín para no dejarnos convencer, y le obligamos a subir a su asiento, donde puso la más triste cara del mundo durante las primeras horas. No cantaba, rehusaba nuestros cigarros, no echaba maldiciones a su mulo lo que era muy mala señal; llevaba la muerte en el alma. Esperando amedrentarnos, había empezado por tomar el peor de los siete caminos que conocía. Como este camino bajaba cada vez más, bien pronto hubimos encontrado el torrente, y entramos en él; pero no nos fue tan fácil salir. El buen torrente, mal hallado en su lecho, había invadido el camino, y no habla ya camino, sino una torrentera, cuyas rugientes aguas nos venían de frente con un gran ruido y a la carrera. Cuando el malicioso cochero, que había contado con nuestra pusilanimidad, vio que nuestro partido estaba tomado, perdió su sangre fría y empezó a echar pestes y juramentos que hacían crugir la bóveda de los cielos. Las acequias o canalizas de piedra labrada que conducen las aguas potables a la ciudad se habían hinchado de tal modo, que, como la rana de la fábula, habían reventado. Después, no sabiendo por donde pasearse, se habían esparcido en charcos, después en pantanos, luego en lagos y por fin en brazos de mar sobre toda la campiña. Bien pronto el conductor no supo ya a qué santo encomendarse, ni a qué diablo entregarse. Tomó un baño de piernas que tenia muy merecido y por el que nos encontró poco dispuestos a compadecerle. El carrito cerraba muy bien y estábamos todavía en seco; pero a cada instante según decía mi hijo, la marea subía; íbamos al azar, recibiendo sacudidas espantosas y cayendo en baches de los cuales el último parecía siempre deber sepultarnos.

En fin, nos inclinamos tanto, que el mulo se detuvo como para recogerse antes de entregar el alma; el cochero se levantó y creyó que debía saltar sobre el margen del camino que estaba a la altura de su cabeza; pero se detuvo al reconocer, a la luz del crepúsculo, que este ribazo era, ni más ni menos, el canal de Valldemosa transformado en rio que. de distancia en distancia, se deshacía en cascada sobre nuestro sendero transformado también en río a un nivel inferior.

Hubo allí un momento tragicómico. Tenía un poco de miedo por mi y un gran temor por mi niño. Le miré y se reía de la figura del cochero, el que puesto en pie, con las piernas separadas sobre su asiento, media el abismo y no tenía el menor deseo de divertirse a nuestras costas. Cuando vi a mi hijo tan tranquilo y tan alegre, volví a confiar en Dios. Le sentí en posesión del instinto de su destino y me dejé llevar por ese presentimiento que los niños no saben expresar, pero que se esparce como una nube o como un rayo de sol sobre su frente.

El cochero, viendo que no había medio de abandonarnos a nuestra mala suerte, se resignó a compartirla con nosotros, y volviéndose heroico de repente:

–No temáis, hijos míos, nos dijo con voz paternal.

Después dio un gran grito, y fustigó su mulo, que tropezó, dio contra el suelo, se levantó, tropezó otra vez y volvió a levantarse en fin medio ahogado. El carricoche se hundió de un lado. ¡Ya estamos! Se echó del otro lado. ¡Ya estamos otra vez! Dió crujidos siniestros, saltos fabulosos y salió al fin triunfante de la prueba, como un navio que ha tocado los escollos sin romperse. Parecíamos salvados, estábamos en seco pero fue preciso recomenzar ese ensayo de viaje náutico en carricoche una docena de veces antes de ganar la montaña. Llegamos, en fin, a la rampa; pero allí el mulo, agotadas sus fuerzas de un lado, y del otro espantado por el ruido del torrente y por el viento de la montaña, empezó a recular hacia el precipicio. Bajamos para empujar cada uno a una rueda mientras que el cochero tiraba al maestro Aliboron de sus largas orejas.

Echamos de igual modo pie a tierra yo no sé cuantas veces, y al cabo de dos horas de ascensión durante las cuales no habíamos avanzado media legua, habiéndose acurrucado el mulo sobre el puente y temblando todos sus miembros, tomamos el partido de dejar allí al hombre, el coche y la bestia, y ganar la Cartuja a pie.

No era empresa fácil. El sendero empinado se había convertido en impetuoso torrente, contra el que era preciso luchar con buenas piernas. Otros pequeños torrentes improvisados, descendiendo de lo alto de los peñascos con gran ruido, desaguaban de golpe a nuestra derecha, y era preciso, con frecuencia, darse prisa en pasar antes que ellos o atravesarlos a todo riesgo por temor de que en un instante se volvieran infranqueables. La lluvia caía a mares; gruesas nubes, más negras que la tinta, velaban a cada instante la faz de la luna, y entonces, envueltos en tinieblas grisáceas e impenetrables, encorvados por un viento impetuoso, sintiendo las cimas de los árboles plegarse hasta sobre nuestras cabezas, oyendo crujir los pinos y rodar las piedras a nuestro alrededor, nos veíamos obligados a detenernos para esperar, como decía un poeta picaresco, a que Júpiter hubiese despabilado la candela.

En estos intervalos de sombra y de luz, hubierais visto, Eugenio, el cielo y la tierra palidecer e iluminarse sucesivamente con los reflejos y las sombras más siniestras y más extrañas.

Cuando la luna recobraba su esplendor y parecía querer reinar en un rincón de azul, rápidamente barrido ante ella por el viento, las nubes sombrías llegaban como espectros, ávidos de envolverla en los pliegues de sus sudarios. Corrían sobre ella y algunas veces se rasgaban para mostrárnosla más bella y más compasiva. Entonces la montaña, chorreando cascadas, y los árboles desarraigados por la tempestad, nos daban la idea del caos. Pensábamos en ese hermoso sábado que habéis visto en no sé que sueño y que habéis esbozado con no sé qué pincel mojado en las ondas rojas y azules del Flegetón y del Erebo. Y, apenas habríamos contemplado ese cuadro infernal que se oponía por modelo ante nosotros, la luna, devorada por los monstruos del aire, desaparecía y nos dejaba en limbos azulados, donde parecíamos flotar como nubes, pero no podíamos ni aún ver el suelo donde aventurábamos los pies.

Por fin alcanzamos el piso de la última montaña y, habiendo dejado el curso da las aguas, estuvimos fuera de peligro. La fatiga nos agobiaba y teníamos los pies desnudos o poco menos; habíamos empleado tres horas en esta última legua.

* * * * * *

Pero volvieron los días hermosos y el vapor *Mallorquín*, pudo emprender de nuevo sus viajes semanales a Barcelona. Nuestro enfermo no parecía en estado de resistir el viaje, pero parecía igualmente incapaz de soportar otra semana de permanencia en Mallorca. La situación era espantosa. Hubo días en que perdí la esperanza y el valor. Para consolarnos, la María Antonia y sus contertulios de la villa repetían a coro en torno nuestro los más edificantes discursos sobre la vida futura.

–Este tísico, decían, va a ir al infierno, primero porque es tísico, y después porque no se confiesa.

–Siendo esto así, cuando estará muerto no le enterraremos en tierra sagrada y como nadie querrá darle sepultura, sus amigos se compondrán como puedan. Veremos como saldrán del paso. Por mi parte yo no me meteré en ello.

–Ni yo.

–Ni yo, ¡y amén!

Por fin partimos, y ya he dicho qué clase de compañía y de hospitalidad hallamos a bordo del buque mallorquín.

Cuando entramos en Barcelona, estábamos tan deseosos de acabar por toda la eternidad con esa raza inhumana, que no tuve la paciencia de esperar el fin del desembarque. Escribí una esquela al comandante de la estación naval M. de Belvés y se la envié por una lancha. Algunos instantes después, vino a buscarnos con su falúa y nos trasladamos a bordo del *Melèagre*.

Al poner los pies en ese hermoso *brick* de guerra, cuidado con la limpieza y elegancia de un salón, viéndonos rodeados de caras inteligentes y afables, recibiendo los cuidados solícitos y generosos del comandante, del médico, de los oficiales y de toda la tripulación, estrechando la mano del excelente y espiritual cónsul de Francia M, Gautier d'Arc, saltamos de alegría sobre el puente, gritando desde el fondo del alma:

–¡Viva Francia!

Nos parecía haber dado la vuelta al mundo y abandonar los salvajes de la Polinesia por el mundo civilizado.

Y la moral de esta narración, tal vez pueril, pero sincera, es que el hombre no se hizo para vivir con los árboles, con las piedras, con el cielo puro, con el mar azul, con las flores y las montañas sino más bien con los hombres sus semejantes.

En los días tempestuosos de la juventud, se imagina uno que la soledad es el gran refugio contra los riesgos, el gran remedio para las heridas del combate. Es un grave error, y la experiencia de la vida nos enseña que allí donde no se puede vivir en paz con sus semejantes, no hay admiración poética ni goces de arte capaces de llenar el abismo que se abre en el fondo del alma.

Siempre había soñado vivir en el desierto, y todo soñador que sea ingenuo confesará que ha fantaseado de igual manera. Pero creedme, hermanos míos, tenemos el corazón demasiado amante para pasarnos los unos sin los otros, y lo mejor que podemos hacer es soportarnos mutuamente, pues somos como esos niños salidos de un mismo seno, que se molestan, riñen y aun se pegan, y no pueden, sin embargo, separarse.

Te recomendamos...

El Gatopardo
Giuseppe Tomasi di Lampedusa

El Gatopardo es una obra maestra de la literatura italiana que retrata con elegancia y melancolía el ocaso de la aristocracia siciliana durante la unificación de Italia en el siglo XIX. A través de la mirada del príncipe Fabrizio de Salina, un noble lúcido y desencantado, Giuseppe Tomasi di Lampedusa construye una novela profunda sobre el tiempo, el cambio y la decadencia.

La obra explora las tensiones entre tradición y modernidad, entre el poder que se desvanece y el que surge bajo nuevas formas. Esta es la historia de una familia, de una tierra y de una época que se resiste a desaparecer sin dejar huella. Una novela imprescindible que combina historia, política y una sutil introspección sobre la naturaleza humana.

I.S.B.N.: 979-13-70190-50-7

EDICIONS PERELLÓ

www.ingramcontent.com/pod-product-compliance
Lightning Source LLC
LaVergne TN
LVHW010432230826
846092LV00009BA/1130

* 9 7 9 1 3 7 0 1 9 0 4 7 7 *